LE COMTE

DE WALTRON

O U

LA SUBORDINATION,

T R A G É D I E.

LE COMTE
DE WALTRON

O U

LA SUBORDINATION,

T R A G É D I E

EN CINQ ACTES,

PAR M. H. E. MOLLER,

TRADUITE PAR J. H. EBERTS,

Affocié honoraire de l'Académie Impériale des
Beaux-Arts.

A PARIS,

Chez L. CELLOT, Imprimeur-Libraire,
rue Dauphine.

M. DCC. LXXXI.
Avec approbation, & privilége du Roi.

A MONSIEUR

LE BARON DE PIRCH,

Meſtre-de-Camp , Lieutenant-Commandant du Régiment ROYAL HESSE DARMSTATT au ſervice de France , Chevalier de l'Ordre du Mérite-militaire , Chanoine du Chapitre de St. Sébaſtien de Magdebourg.

MONSIEUR LE BARON,

EN formant le projet de faire connoître à la Nation Françoiſe une des plus célébres Tragédies du théâtre Allemand , le Comte de Waltron ou la Subordination , je cherchai en même temps à lui

a 3

offrir un modèle du caractère & des hautes qualités de ce Héros ; & votre nom s'est le premier offert à mon esprit.

Formé, comme le Comte de Waltron, dès l'âge le plus tendre, à la subordination la plus rigide, promoteur zélé de ces lois nécessaires pour la sûreté des Etats ; distingué comme ce Héros, par cette valeur intrépide que vous avez déployée sous les yeux du Grand Frédéric & de son auguste & brave successeur, dans tout le cours de la dernière guerre, & particulièrement au siége de Schweidnitz ; doué de ce caractère ferme, mais noble & généreux qui fait à la fois faire respecter le commandement & tempérer la rigueur de la loi des armes : enfin réunissant, comme le Comte de Waltron, l'amour & l'estime du Corps illustre que vous commandez, vous lui ressemblez par tant de traits, que j'ai cru ajouter au pathétique de situation qui caractérise cette Tragédie, en rapprochant votre nom de celui de ce grand Capitaine.

Plus cette ressemblance m'a frappé, plus j'ai frémi de penser que l'héroïsme même n'est point un rempart contre les malheurs auxquels un caractère fougueux expose un grand homme, & plus auſſi j'ai admiré en vous cette ſageſſe qui met le ſceau à vos rares qualités.

Si mon but n'eſt pas rempli auprès de ceux qui n'ont pas l'avantage de vous connoître, MONSIEUR LE BARON, du moins ſuis-je certain qu'il n'y a pas un homme dans le beau Régiment que vous commandez, qui n'ajoutât encore au portrait que l'amitié même pourroit faire de vous.

Je ſuis avec la conſidération la plus diſtinguée & l'attachement le plus inviolable,

MONSIEUR LE BARON,

Votre très-humble & très-obéiſſant
ſerviteur & ami,
J. H. EBERTS,
Aſſocié honoraire de l'Académie
Impériale des Beaux-Arts.

PERSONNAGES.

LE PRINCE HÉRÉDITAIRE.

LE COMTE DE BEMBROCK, Colonel Commandant.

DE STREITMANN, Major.

LE COMTE DE WALTRON,
DE WINTER, } Capitaines.

LE BARON D'ELSENEUR, Capitaine des Grenadiers.

DE WASTWORTH,
DE WILLE, } Lieutenans.
LE COMTE DE CRONEBOURG,

DEUX AUTRES LIEUTENANS.

UN AUDITEUR.

DE LICHTENAU, Lieutenant & Aide de camp.

Un Fourrier de la compagnie de Waltron.

Deux Fourriers.

Deux Appointés.

Deux Caporaux.

Deux Soldats.

Le Prévôt.

Deux Soldats d'ordonnance, Soldats du piquet, Appointés pour la barrière, Tambours, (*tous du même Régiment.*)

LA COMTESSE DE WALTRON, femme du Capitaine de Waltron.

LA MAITRESSE DU CAFÉ.

La scène est dans un camp.

LE

LE COMTE
DE WALTRON,

O U

LA SUBORDINATION,

TRAGÉDIE.

ACTE PREMIER.

SCÈNE PREMIÈRE.

Le Théâtre repréfente la tente d'un Traiteur avec des tables & des chaifes.

LE LIEUTENANT WASTWORTH.
eft affis, buvant & mangeant: **LE LIEUTENANT DE WILLE** *va & vient.*

WASTWORTH.

Eh bien, mon ami, qu'eft-ce qui te manque ?
Tu m'as l'air d'être encore à jeûn.

DE WILLE.

A peu près, ... je ne me fuis point couché de
la nuit :... tu connois notre Capitaine, ... il eft
toujours levé de bonne heure , & il aime beaucoup
que nous l'imitions ; ... à cinq heures nous étions
encore enfemble à rire & à jouer.

A

WASTWORTH.

Je n'ai pas dormi non plus;..... mais cela ne m'empêche pas d'être alerte : je pafferois bien encore une nuit, s'il le falloit....

DE WILLE.

Pour moi, je n'aime point ces fortes d'orgies, je n'y fuis point accoutumé.

WASTWORTH.

Fi , n'as-tu pas honte?..... Un foldat doit être fait à tout; ... il nous faut, à nous autres , un tempérament de fer... Tiens , mon ami, bois un coup, tu t'en trouveras mieux, je t'affure.

DE WILLE.

Non, ... j'ai mal à la tête, & j'ai demandé du café à l'eau.

WASTWORTH.

Le comte de Cronebourg ne doit pas être en meilleur état, lui qui a perdu fon argent.

DE WILLE.

Tu as joué bien heureufement.

WASTWORTH.

Oui, cela n'alloit pas mal; je lui ai gagné cent quatre louis...j'en ai fur le champ diftribué douze à ma compagnie. (*il boit.*)

DE WILLE.

Si vous vous fuffiez contentés de jouer, à la bonne heure ; l'un gagne aujourd'hui , l'autre demain; mais vous avez fait un train de fous.

WASTWORTH.

Ma foi il faut jouir de la vie, ... qui fait ce qui nous attend.

DE WILLE.

Je trouve, moi, que c'eft en abufer.

SCÈNE II.

Les précédens, LE COMTE DE WALTRON, LA MAITRESSE DU CAFÉ.

WALTRON *d'un air fombre.*

Bon jour, Meffieurs...

WASTWORTH & DE WILLE.

Bon jour, M. le Capitaine. (*on apporte le café.*)

WALTRON.

Vous devez avoir tous deux, grand mal à la tête... Vous avez fait un beau fabbat pendant toute la nuit ; je donnerois cent louis pour n'en avoir pas été le témoin. ... Fi, c'eft abominable. ...

DE WILLE.

Je ne penfe pas, mon Capitaine, qu'on vous ait fait des plaintes de moi. ...

WASTWORTH.

Oh ! pour de Wille, il s'eft comporté en vrai Caton.

WALTRON.

Et vous, Monfieur, vous vous faites donc un grand mérite d'avoir incommodé toute la brigade par

A 2

votre bruit d'enfer?...& cela en préfence d'officiers étrangers... Que penferont-ils de notre régiment?... fe familiarifer & fe compromettre avec des nymphes de café!...

DE WILLE.

Ce n'eſt pas à moi certainement que ce reproche s'adreſſe!....

WALTRON.

Non pas à vous, Monſieur, mais à l'Enſeigne Regnier.;... auſſi eſt-il aux arrêts.

WASTWORTH.

Bon, il y eſt fait.... des fept jours de la femaine, il en paſſe cinq en priſon.

WALTRON.

Il y a long-temps que je defire être débarraſſé de ce mauvais fujet, — profaner le chapeau d'ordonnance, en coiffer des filles,... fe déguiſer en femmes. Ah fi, fi, ce font-là des jeux de corps-de-garde.

LA MAÎTRESSE DU CAFÉ.

Vous êtes par trop rigide, M. le Comte.

WALTRON.

L'uniforme mérite du reſpect (*à Waſtworth & de Wille*) & doit en inſpirer. (*à la maîtreſſe du Café.*) S'il vous arrive, Madame, de vous prêter encore à de pareilles fcènes, vous & vos princeſſes ferez conduites hors du camp, tambour battant.;.... Qu'on m'apporte mon chocolat.....

LA MAÎTRESSE DU CAFÉ.

En voilà juftement de préparé pour M. le capitaine de Winter : comme il n'eft pas prêt d'arriver,
vous pouvez le prendre, M. le Comte. J'en ferai
d'autre dans l'intervalle.

WALTRON.

Non : faites-en pour moi. M. de Winter peut
arriver plus tôt que vous ne croyez, il ne convient
pas qu'il attende par rapport à moi.

LA MAÎTRESSE DU CAFÉ.

Comme il vous plaira, M. le Comte. (*elle fort.*)

SCÈNE III.

VALTRON, WASTWORTH, DE WILLE.

WASTWORTH.

Vous paroiffez bien ému, notre cher Capitaine ;
auriez-vous quelque chagrin ?

WALTRON *allant & venant.*

Je ne fuis pas content, furtout de la journée
d'hier ; mais, brifons là-deffus : y a-t-il quelque
chofe de nouveau, Meffieurs ?

DE WILLE.

Vous favez qu'on a paffé par les armes un caporal
du régiment des Vandales, de la compagnie de
Brochard, pour avoir frappé fon Fourrier.....

WALTRON.

J'en fuis informé.... Pourquoi auffi s'eft-il oublié
à ce point ? Les ordres du roi font très-févères, ils

enjoignent la plus prompte punition des fautes
contre la discipline & la subordination, sans égard
pour la personne, & sans espoir de grâce. Ces
ordres rigoureux étoient absolument nécessaires pour
remédier aux abus énormes qui s'étoient introduits
dans l'armée,

DE WILLE,

On n'est pas toujours maître de son premier
mouvement.... On dit que le caporal étoit un brave
garçon : il avoit déjà servi dans les deux précédentes
guerres ; il étoit tout couvert de blessures.

WALTRON

En ce cas, je le plains du meilleur de mon cœur.

WASTWORTH.

Le fourrier l'a provoqué. Long-temps avant qu'il
fût soldat, l'autre étoit caporal ; c'est de lui qu'il
avoit appris l'exercice, & en moins de neuf mois,
il lui a passé sur le corps. Le fourrier n'a pas été
plutôt en grade, qu'il a molesté le caporal en toute
occasion, tant qu'à la fin, celui-ci poussé à bout,
a perdu patience & s'est oublié.

WALTRON,

Que je plains ce brave homme !... Je voudrois
que le premier boulet de canon emportât l'indigne
fourrier...... mais non, cette mort seroit trop
honorable pour un homme tel que lui. Jamais
pareille chose n'arrivera dans ma compagnie ; je n'y
souffre aucun passe-droit,

DE WILLE.

Celui-ci étoit difficile à éviter, car le Capitaine eſt fils du Colonel du régiment des Vandales ; la ſœur du fourrier eſt femme de chambre de l'épouſe du Colonel, & l'une des plus friandes ſoubrettes qu'il ſoit poſſible de voir.

WALTRON.

Voilà qui eſt admirable !... Aſſurément, j'aime beaucoup ma femme, elle peut tout obtenir de moi, tout, hors ce qui intéreſſe le ſervice ; & je ne ferois pas une injuſtice à un Fifre par rapport à elle ; je ferois déſolé que pareille choſe arrivât dans notre régiment. (*il ſe promène & laiſſe échapper des larmes.*)

DE WILLE.

La diſcipline y eſt trop bien obſervée & parti-culièrement dans votre compagnie..... Mais que vois-je ! vous verſez des larmes ſur le ſort de ce malheureux. Oh, l'excellent cœur !

WALTRON.

Je ne ſais pourquoi cet événement me cauſe tant d'émotion.

DE WILLE.

Rien n'eſt plus naturel : votre caractère vous porte à chérir tout bon ſoldat : & vous payez en ce moment un juſte tribut de ſenſibilité à ce brave homme, perdu pour l'Etat.

WALTRON.

Meſſieurs, j'ai ſouvent eu lieu de me louer de l'extrême ſenſibilité de mon caractère, mais j'ai eu,

au moins auffi fouvent à m'en plaindre ; elle excite
ma compaffion pour les malheureux , mais elle
m'enflamme de fureur contre les hommes injuftes ,
& je ne fuis pas alors plus maître de moi-même
que le brave foldat dont nous parlons. Auffi ne
me foucié-je point de faire de nouvelles connoif-
fances , elles n'auroient pas pour moi, peut-être, la
même indulgence que mes anciens amis.

WASTWORTH.

Eh ! qui n'a pas fes foibleffes ? quoi qu'il en
foit, je ne voudrois pas, pour tout au monde, être
d'un caractère froid & apathique : un pareil être
n'exifte que par hafard , par habitude ou par
néceffité. En un mot , je ne puis me figurer qu'un
homme flegmatique foit un homme de génie.

WALTRON.

Cela n'eft pourtant pas fans exemple. —Eft-ce
là tout ce que vous avez appris ?

DE WILLE.

Pardonnez-moi, Monfieur le Comte, on parle
d'une chofe qui nous fait à tous le plus grand plaifir,
mais ce plaifir n'eft pas fans amertume.

WALTRON.

Comment ! quoi donc ?

DE WILLE.

On menace le régiment de vous perdre fous peu
de jours.

WALTRON *étonné.*

Moi ! & comment ?

DE WILLE.

Hier au foir, au quartier général, on nous a pofitivement affurés, que le Roi vous avoit nommé Major, & créé Chevalier de fes Ordres.

WALTRON.

Moi? ha, ha, ha!

SCÈNE IV.

Les précédens, LE CAPITAINE DE WINTER.

DE WINTER.

Eh bien! de quoi riez-vous donc, mon ami?... Bon jour, Meffieurs.

WALTRON.

C'eft ce cher Lieutenant, qui, d'un feul coup de langue, me fait Major & me crée Chevalier de l'Ordre du Roi. Ha, ha, ha!

DE WINTER.

On le dit, je ne vois là rien d'incroyable, & je m'en réjouis de tout mon cœur.

WALTRON.

Es-tu fou, mon ami... as-tu auffi donné dans cette fable?

DE WINTER.

Comment donc? (*on lui apporte fon chocolat.*)

WALTRON.

Cette nouvelle, dit-il, fort du quartier général, & moi je la crois forgée dans la tente du Traiteur.

DE WINTER.

Pourquoi? je l'ai apprife du Major Cotterin,
j'ai foupé hier chez lui, il m'a annoncé cette nouvelle
avec un tranfport de joie dont la véritable amitié
eft feule capable; nous avons bu à ta fanté & à
celle de Madame la Major : peu s'en eft fallu que
la force du fentiment ne m'ait enivré...... Mais le
Colonel doit en être informé par la Cour. Ne l'as-tu
pas vu ce matin?

WALTRON.

Non, pas encore... l'Aide-Major m'a dit qu'on
l'avoit appelé de bonne heure au quartier général.

DE WINTER.

C'eft pour cela, fans doute. Je parie qu'à fon
retour il te confirmera ce que nous t'apprenons.

DE WILLE.

Oh! très-certainement, M. le Capitaine, je
ferai, fi vous voulez, de moitié dans le pari.

WALTRON.

Vous perdriez tous deux ; par où aurois-je mérité
cette double récompenfe?

DE WINTER.

Comment, morbleu! par où? Plaifante queftion!
par ton dernier trait de bravoure.

WALTRON.

Bravoure, bravoure! c'eft donc à dire qu'on me
feroit Major pour avoir fait mon devoir, le devoir
de tout bon foldat qui combat pour fon pays &
pour fon Prince?

DE WINTER.

Mais la manière dont vous l'avez rempli, la manœuvre prompte & hardie que vous avez ordonnée !

WALTRON.

Je n'y trouve rien de fi merveilleux : on me détache pour une expédition avec cent quarante hommes, je remplis ma miffion, & je reviens à l'armée avec les précautions néceffaires : le hafard amène vers moi, au débouché d'un bois, un efcadron de cavalerie ; je m'enfonce dans le bois au lieu d'en fortir : & je range mon détachement en deux files derrière les haies dans la direction de l'efcadron....

DE WILLE.

Qui s'eft enfilé de lui-même dans le piége.

WALTRON.

L'ennemi approche : c'étoit un parti de houfards ; au milieu d'eux étoient fept des nôtres : nous attaquâmes à l'inftant ; bientôt nous reconnûmes le Prince avec fix officiers généraux ; les fabres de la cavalerie ne pouvoient agir dans une jeune futaie, les carabines ne nous firent pas grand mal ; en dix minutes l'efcadron entier fut obligé de fe rendre. Nous avons fait foixante-neuf prifonniers, au nombre defquels eft le Colonel, bleffé d'un coup de baïonnette ; vingt-trois houfards font reftés fur la place, nous n'avons perdu qu'un foldat. Le Prince & les officiers de fa fuite nous ont bravement fecondés.

DE WINTER.

On dit que le Prince, furtout, s'eft battu comme un lion.

WASTWORTH.

Lui & les six prisonniers que vous avez délivrés
font le reste de vingt-cinq chefs dont un Général
& quatre Lieutenans-Généraux, qui ont payé de
leur vie l'imprudence que le Prince a faite de se
trop écarter en allant à la découverte.

WALTRON.

Son entreprise étoit à la vérité un peu téméraire ;
mais il est brave, & quelque jour il sera aussi
habile Général qu'il est à présent bon soldat.

DE WINTER.

Sans toi, mon ami, cette faute auroit eu les
plus fâcheuses suites ; ta bravoure a tout réparé.

WALTRON.

Ma bravoure, ma bravoure ! il y a au moins
autant de bonheur ; ce que j'ai fait, tout brave
Officier l'eût fait à ma place. Cette action auroit
eu moins d'éclat, si le Prince n'eût pas été du
nombre des prisonniers ; cependant la bravoure
n'eût pas été moins grande, & l'obligation la même ;
car je me crois, dans un jour de bataille, autant
obligé de risquer ma vie pour sauver celle d'un
soldat, que celle d'un général. Devant l'ennemi tous
les hommes du même parti font des frères com-
battans pour leur mère commune ; tous font les
fils de la patrie.

DE WINTER.

Je te crois & je t'admire, mon vertueux ami ;
mais quoi que tu en dise, un succès dû à l'habilité
dans l'exercice du devoir, mérite toujours une
récompense distinguée, le hasard même a droit à des
faveurs particulières, selon qu'il est plus utile & plus

inefpéré. Le général Walteville eft mort à côté du jeune Prince, du coup qui alloit le percer ; il a mérité une place honorable dans l'hiftoire, un temple dans le cœur de fes camarades & un maufolée dans la capitale.... Toi, non moins brave & plus heureux, tu as arraché à l'ennemi l'héritier préfomptif de la Couronne : cela ne mérite - t - il pas bien l'ordre brillant dont le roi te décore, & le grade diftingué dont il récompenfe ta belle & utile action ?

W A L T R O N.

Ordre brillant, grade diftingué ! vous allez bientôt y ajouter une Comté.

D E W I N T E R.

Si le roi vous en donnoit une, la refuferiez - vous ?

W A L T R O N.

Non, parce que je fuis mari & père, parce que les dons du Souverain, quand ils font bien placés, ne font qu'une bonne répartition des biens de l'Etat ; parce que je regarderois cette faveur du Roi, comme le prix du fervice perfonnel rendu à fon fils ; mais comme récompenfée militaire, la croix de mérite fuffit ; elle n'interrompt point l'ordre des grades ; enfin, je defirerois que la majorité ne me fût donnée qu'à mon tour. Une circonftance heureufe pour moi, ne doit point nuire à un plus ancien Officier... à toi-même, mon cher, qui as plus de fervice que moi, dont le cœur eft auffi bien placé, & la tête au moins auffi bonne.

D E W I N T E R.

Tes principes font en vérité trop auftères, & tes procédés trop délicats.

SCÈNE V.

Les précédens, UN SOLDAT d'ordonnance.

LE SOLDAT.

Monsieur le capitaine de Winter, le Lieutenant-Colonel defire vous parler. (*il fort.*)

DE WINTER.

Voyons ce que ce peut être. Adieu, Meffieurs, je reviens à l'inftant, s'il eft poffible.

DE WILLE.

M. de Winter eft bien votre ami !

WALTRON.

Je ne lui fuis pas moins attaché.

DE WILLE.

Mais en confcience, mon digne Capitaine, vous êtes un peu trop fcrupuleux.

WALTRON.

Vous croyez cela. Ecoutez, M. le Lieutenant, je fers pour la feule gloire, & nullement par intérêt : j'aime l'ordre & la juftice ; l'avantage d'un plus haut grade ne peut m'intéreffer autant que l'honneur de l'avoir mérité ; je jouis de cet honneur : vous-mêmes, mes chers camarades, vous empreffez à me le décerner, après cela le grade n'eft plus rien, & je ne voudrois pas pour tout au monde, être l'exemple d'un paffe-droit dans le fervice.

DE WILLE.

Cette noble façon de penfer, mon Capitaine, eft une règle de conduite pour tous les vrais militaires ; elle fera la mienne, je vous le protefte, fi je fuis affez heureux pour mériter jamais les mêmes diftinctions que vous.

WALTRON.

Votre gloire en fera plus pure & la jouiffance plus parfaite.... Tenez, mon ami, ... lorfque le Prince fut délivré, il s'élança vers moi, m'embraffa & me témoigna la plus vive reconnoiffance ; ... en ramenant le Prince au Général, je fus comblé d'éloges & de remercîmens ;... enfin, le Colonel Commandant m'accueillit en des termes que je n'oublierai jamais... M. le Capitaine, me dit-il, je fuis fier d'être votre Colonel, & glorieux de vous avoir pour beau-frère... Croyez-vous maintenant, mon ami, que je ne fois pas affez récompenfé ?

SCÈNE VI.

Les précédens, LE COMTE DE CRONEBOURG.

CRONEBOURG.

Votre ferviteur, mon Capitaine. (à *Waltron.*) Bon jour, mon cher Lieutenant. (à *de Wille.*) Savez-vous pourquoi la parole a été changée cette nuit ?

WALTRON.

La chofe peut vous paroître extraordinaire à vous, Monfieur,... nous autres, nous y fommes faits.

CRONEBOURG.

Je le crois, vous étiez déjà soldat, que je feuilletois encore mon Gellert.

WALTRON.

Votre Gellert, je pensois que vous auriez préféré la lecture des romans françois.

CRONEBOURG.

Mon Capitaine, vous êtes sur cela dans l'erreur ; il est vrai que cette langue, comme quelques autres , est nécessaire dans le grand monde ; mais le fond de mes études portoit sur nos excellens auteurs allemands, & tous mes maîtres étoient allemands ; mon père a, lui-même, dressé le plan de mon éducation : vous le connoissez....

WALTRON.

Parfaitement , c'est un brave & savant homme , un grand Ministre , un zélé Patriote,... la plus solide colonne de l'Etat... Puissiez-vous l'égaler un jour !...

CRONEBOURG.

Je tâcherai du moins de l'imiter. — Mais je vous trouve bien tranquilles , Messieurs , & je m'en étonne ; vous ne savez donc pas , que deux soldats du régiment ont déserté cette nuit ?

WALTRON.

De notre régiment ?

CRONEBOURG.

Vraiment oui , je plains le pauvre diable de Capitaine qui les a perdus , peut-être par sa faute.

WALTRON.

WALTRON.

Hé, hé, mon jeune Alexandre parfumé, choisissez d'autres termes, je vous prie : de vous à un officier supérieur, ce ton est par trop cavalier.

WASTWORTH, *qui jusqu'alors étoit resté assis,* *& que Cronebourg n'avoit point apperçu.*

Monsieur le Lieutenant, vous vous servez quelquefois de termes un peu hasardés.

CRONEBOURG.

Ah, vous voilà aussi, Monsieur mon illustre Lieutenant ! je quitte à l'instant votre tente : je vous y ai cherché, pour vous prier de m'apprendre comment on peut adroitement, ... là, sans qu'il y paroisse... (*il montre la façon de tailler au pharaon.*)

WASTWORTH.

Que voulez-vous dire, M. le Lieutenant ? Me prenez-vous pour un escamoteur ? Pensez-vous que pour vos misérables petits ducats, je m'abaissasse à des tours d'escroc ? — Que ce soit là dernière fois, Monsieur, que pareille idée vous vienne, ou je vous ferai jouer à un jeu où quelquefois le cœur reste sur le carreau....... Fussiez-vous le fils du grand Mogol, je suis Officier, je suis votre ancien, & vous me devez au moins des égards ; pour cette fois je pardonne à votre jeunesse.

CRONEBOURG.

A ma jeunesse, M. le Lieutenant ? ma jeunesse ne nous empêchera pas de mesurer nos épées, & vous éprouverez... (*il veut sortir avec Wastworth.*)

B

WALTRON.

Arrêtez, Meffieurs. (*ils veulent s'échapper.*) Mille bombes, voulez-vous obéir? fi l'un de vous quitte la place....

CRONEBOURG.

Laiffez-nous, mon Capitaine, je veux lui prouver que ma jeuneffe n'a pas befoin d'indulgence.

WALTRON.

Pour la dernière fois, paix.... ou je vous fais arrêter tous les deux.

CRONEBOURG.

Pourquoi vous mêlez-vous de cette affaire, qu'eft-ce que cela vous fait, Monfieur?

WALTRON.

Ha, ha! ce que cela me fait, mon petit Monfieur, vous allez le voir tout à l'heure! Hé...hé?.. (*il veut appeler la Garde; dans le même inftant, entre le Capitaine de Winter.*)

SCÈNE VII.

Les précédens, LE CAPITAINE DE WINTER.

WALTRON.

Vous arrivez à propos, M. le Capitaine, voici un petit Lieutenant qui prend des tons : j'allois demander la Garde.

DE WINTER.

Ha! ha, Monfieur le Lieutenant, à peine êtes-vous forti des mains de vos Bonnes, & déjà vous faites le tapageur? je vous confeille d'être tranquille, finon j'informerai M. votre oncle de votre conduite.

CRONEBOURG.

Mais, au moins, écoutez-moi, Monfieur...

WALTRON.

Ne voudriez-vous pas vous difculper? N'eft-ce pas vous qui avez commenc·ia querelle?... n'avez-vous pas voulu vous battre?

DE WINTER.

Comment!... vous battre! favez-vous quelles feroient les fuites de votre étourderie? Ignorez-vous la févérité des ordonnances à ce fujet, ou croyez-vous qu'en qualité de fils du premier Miniftre & de neveu du Général Commandant, vous puiffiez impunément fufciter des querelles? Vous connoiffez votre père, fa rigueur contre l'indifcipline & l'infubordination; comme un fecond Brutus il vous facrifieroit, & feroit de vous un exemple effrayant pour l'armée entière. Votre oncle, malgré fa tendreffe pour vous, m'a bien recommandé de ne vous rien paffer de contraire au fervice; & j'ai l'ordre très-exprès de fa part de vous obferver plus exactement, & de vous traiter plus févèrement qu'aucun autre; il vous a placé dans fon régiment pour s'affurer de votre conduite; il m'a confié le foin d'y veiller: & je ne fuis nullement curieux d'effuyer, par rapport à vous, les reproches qu'il ne manqueroit pas de me faire fi vous manquiez contre les ordonnances.

CRONEBOURG.

Mes parens ne peuvent prétendre que l'on m'insultera impunément. M. le Lieutenant m'a traité comme on traite un valet.

WALTRON.

Pure imagination que cela... il vous a brufqué, mais avec raifon. Croyez-vous qu'il dût écouter de fang froid le reproche le plus injurieux pour un homme d'honneur ? Savez-vous, Monfieur le Comte, qu'à vous entendre on eût pris M. le Lieutenant pour un efcroc ? Allons, cela eft d'une légèreté impardonnable ! Le moindre citoyen feroit flétri dans l'opinion publique, par le feul foupçon d'infidélité au jeu : que feroit-ce d'un militaire ?

CRONEBOURG.

Monfieur le Capitaine, vous donnez à une plaifanterie une interprétation bien grave ; mon intention n'a fûrement pas été d'accufer Monfieur d'une pareille baffeffe ; mais m'entendre reprocher ma jeuneffe,.... me voir menacer !...

WALTRON.

Vous avez commencé, M. le Comte, penfez-vous qu'un militaire qui a bien fervi, foit difpofé à fe laiffer perfiffler par le premier novice qui arrive au régiment ? Il étoit déjà en uniforme, que vous étiez encore en maillot.

CRONEBOURG.

...Eft-ce donc ma faute, fi je fuis né après Monfieur ? mon courage n'en égale pas moins le fien ; j'affronterai auffi hardiment une batterie

de canons dans ma dix-feptième année , que lui
dans fa trentième. L'âge ne fait pas la valeur.

DE WINTER.

Vous avez raifon , Monfieur , je crois que vous
avez du courage , & que dans l'occafion , vous nous
en donnerez des preuves dignes de votre naiffance.

WASTWORTH, *d'un air moqueur.*

Et propres à vous faire faire votre chemin plus
promptement que moi.

WALTRON.

Allons , point d'aigreur. Eft-ce la faute de
Monfieur , fi vous n'êtes pas le fils d'un premier
Miniftre ? Il eft vrai, qu'avant que vous parveniez
au grade de Capitaine , il pourroit (fi les balles &
les boulets l'épargnent) devenir Officier général ;
mais vous n'auriez pour cela aucune raifon, vous
M. le Lieutenant, d'accufer le fort d'injuftice , ni
M. le Comte de s'eftimer davantage ; pas plus de
raifon que de m'en vouloir de ce que ma fortune
eft plus confidérable que la vôtre , ou moi de
croire mieux valoir que vous, parce que j'ai vingt
mille florins de rentes.

DE WINTER.

Nous ne changerons pas , tous tant que nous
fommes , les principes reçus dans la fociété pour
en régler les rangs. Celui qui joint les talens à la
naiffance, peut efpérer , avec raifon, un plus prompt
avancement , que celui à qui il manque un de ces
avantages. Cela pofé , le fils d'un Miniftre doit

naturellement prétendre à un prompt avancement, ne fût-ce que comme une récompenſe des rares mérites de ſon père.

W. ALTRON.

Allons, Meſſieurs, qu'on ſe réconcilie ; dans l'état militaire, il ne ſaut point d'inimitiés perſonnelles.

CRONEBOURG.

De tout mon cœur ; & puiſque j'ai commencé, M. de Waſtworth, voici ma main : oubliez, je vous prie, ce trait de jeuneſſe, & accordez-moi votre amitié.

WASTWORTH.

Je ſuis enchanté, Monſieur le Comte, que vous conveniez de votre vivacité ; je me fais un honneur tout particulier d'être au nombre de vos amis. (*ils s'embraſſent.*)

WALTRON.

Voilà qui eſt à merveilles, Meſſieurs ; lavez vos injures dans le ſang ennemi, vous ne pouvez faire un plus noble uſage de vos épées ; c'eſt pour cela qu'elles vous ont été données, & non pour préparer de la beſogne aux chirurgiens, ou au prévôt.

DE WiLLE..

Meſſieurs, je vous engage à venir manger ma ſoupe. — Vous, mon ami, vous êtes engagé chez nos chefs.

WALTRON.

Oui. Mais, à propos : (*à de Winter*) que vous vouloit donc le Lieutenant Colonel ?

DE WINTER.

Ç'eſt à cauſe de ces deux déſerteurs.... Ma foi, ſi le Capitaine du piquet n'avoit pas été prévoyant, nous aurions eu une alerte cette nuit ; car à peine le mot du guet a-t-il été changé, que les patrouilles ennemies ſe ſont ſucceſſivement préſentées à nos poſtes avancés....

WALTRON.

Et le diable a voulu que cette fatalité tombât ſur notre régiment : cependant je ſuis ſûr que ces déſerteurs ne ſont pas de ma compagnie ; car des trois hommes que j'ai fournis, le moins ancien a plus de ſeize années de ſervice.

DE WINTER.

Je crains bien qu'ils ne ſoient de la mienne..... dans mes trois hommes, ſont deux jeunes gens choiſis par mon fourrier....... Cela m'inquiète ſingulièrement.

SCÈNE VIII.

Les précédens, UN SOLDAT d'ordonnance, *peu après*, LE CAPITAINE ELSENEUR.

LE SOLDAT.

Monsieur le capitaine Waltron voudra bien ſe rendre ſur le champ chez le Colonel.

WALTRON.

C'eſt bon. (*le Soldat ſe retire.*) Meſſieurs, nous nous verrons à la parade. (*en ſortant, à Elſeneur.*) Bon jour, cher Elſeneur.

B 4

ELSENEUR.

Bon jour, Meſſieurs. (*à Waltron.*) Deux hommes
de ta compagnie ont déſerté cette nuit.

WALTRON *en colère.*

Comment diable!... (*il ſort.*)

ELSENEUR.

Et vous, M. le Lieutenant, vous partez auſſi ?
Eſt-ce que vous me fuyez, Meſſieurs ?

DE WILLE.

Il faut que j'aille à l'ordre ; adieu, Meſſieurs.
(*il ſort.*)

DE WINTER.

Pourvu que le comte de Waltron ne précipite
rien ; ſa grande vivacité lui a déjà cauſé bien des
chagrins.

ELSENEUR.

Il eſt un peu changé ; mais il y a quelques années,
c'étoit un diable : je ne crois pas que dans toute
l'armée, il y ait un officier qui ſe ſoit battu auſſi
ſouvent que lui.

DE WINTER.

Il eſt malheureux d'être ſi prompt à s'emporter,
je ne lui connois que ce défaut, c'eſt le plus hon-
nête homme & le plus brave ſoldat que je connoiſſe.

WASTWORTH.

Oui certes, mon Capitaine, c'eſt un lion devant
l'ennemi, & le plus doux, le plus aimable des hommes
dans la ſociété privée ; un Argus au ſervice ; mais
le plus juſte appréciateur & le plus zélé protecteur

du mérite. Il est riche, mais modeste ; il vit hono-
rablement, mais sans faste ; il est généreux sans être
prodigue : tant de qualités & l'excellence de son
cœur l'ont fait préférer au comte de Nordstern, par
la sœur de notre Colonel ; elle a sur lui tous les
droits d'une épouse tendrement chérie ; elle aime
le Comte à l'adoration ; cependant elle-même
craint ses vivacités.

CRONEBOURG.

Je n'aime pas en lui son attachement scrupuleux
& méthodique aux lois du service. Il veut que tout
soit tiré au cordeau, & cependant cela n'est pas
toujours possible. Il a établi dans sa compagnie
l'ordre le plus strict ; il est vrai qu'il comble de ses
bienfaits tous les hommes qui lui sont subordonnés,
mais il ne leur passe aucun écart, & c'est, peut-être,
cette rigidité qui a fait déserter les deux soldats
qu'il vient de perdre.

ELSENEUR.

Vous traitez de rigidité, Messieurs les héros de
fraîche date, ce qui n'est autre chose que le bon
ordre....... Les soldats que le comte de Waltron
a perdus, ne méritoient pas d'avoir un si brave
Capitaine ; ces drôles ont manqué de nous donner
de la tablature :..... ils avoient d'autant plus mal
pris leur temps, qu'on a su, par les prisonniers
faits cette nuit, que huit régimens ont joint le
Général Wolcka : notre brave Brokhoouse a furieu-
sement escarmouché dès la pointe du jour ; l'ennemi
n'est pas loin, & notre Feld-Maréchal pourroit fort
bien ordonner l'attaque ce soir ou demain matin au
plus tard.

DE WINTER.

Tant mieux, il faut efpérer que la fortune conti-
nuera de nous être favorable.

ELSENEUR.

En effet, depuis deux mois les ennemis ont été
bien frottés ; mais de toutes les affaires, celle du
Comte de Waltron eft la plus brillante : il s'eft
fait jour, à trois différentes reprifes, au milieu des
détachemens qui lui fermoient le retour au camp,
de cent quatre - vingt - dix Houfards, il en a pris
cent foixante - neuf ; & par - deffus tout cela, il a
fauvé le Prince, qui étoit leur prifonnier. Voilà ce
qu'on peut appeler un coup de maître : je donnerois
mon bras gauche pour en avoir fait autant.

WASTWORTH.

Ce qu'il y a de certain, c'eft qu'il fait rejaillir
un honneur infini fur notre régiment. On dit que
le Feld - Maréchal lui a fauté au cou, au rapport
de cette belle action ; auffi, pour peu qu'on ne me
faffe pas de paffe - droit, je vais, comme le plus
ancien Lieutenant, devenir Capitaine ; car infailli-
blement, le Comte de Waltron fera avancé.

SCÈNE IX.

Les précédens, DE WILLE.

DE WILLE.

Oh Ciel, quel malheur !

TOUS ENSEMBLE.

Quoi donc, qu'eft - il arrivé ?

DE WILLE.

Notre brave Capitaine !...... à peine puis-je respirer.

DE WINTER.

Eh bien ! le Comte de Waltron ? Vite donc, Monsieur le Lieutenant.

DE WILLE.

Il vient de manquer au Colonel.

DE WINTER & ELSENEUR.

Ah ! Dieux !

CRONEBOURG.

Il auroit manqué à la subordination !

DE WILLE.

A l'instant même la garde le conduit en prison ; peu s'en est fallu que tout le bataillon ne se révoltât. Toute sa compagnie alarmée le suit en criant.

DE WINTER.

Ah ! malheureux ami !

CRONEBOURG & WASTWORTH.

Homme infortuné !

ELSENEUR.

Voyons, voyons : la chose n'est peut-être pas si grave. (*ils sortent tous avec précipitation.*)

Fin du premier acte.

ACTE II.

SCÈNE PREMIÈRE.

Le Théâtre repréfente la tente du Colonel, dans laquelle font des chaifes & des tables de campagne.

LE COMTE DE BEMBROCK, Colonel, DE LICHTENAU, Lieutenant-Aide-de-Camp.

LE COLONEL *fe promène d'un air fombre & rêveur, tantôt, les bras croifés, il s'arrête & foupire, tantôt il s'affied, puis il fe relève & fe frappe le front ; fon air annonce une vive agitation.*

LICHTENAU, *l'air également abattu, fixe long-temps le Colonel, enfin il rompt le filence.*

Mon cher Colonel.... de grâce, remettez-vous un peu ; ne vous abandonnez pas ainfi à la douleur : (*à part*) que je le plains !... Mon Colonel.... M. le Comte !

LE COLONEL *fe lève avec vivacité & paroît encore tout diftrait.*

Qu'y a-t-il ?

LICHTENAU.

Calmez un peu vos efprits, écartez ces cruelles idées.

LE COLONEL.

Ah, mon ami! pourquoi ai-je vécu jusqu'aujourd'hui? quelle horrible alternative! Que ne fuis-je au nombre des victimes que la guerre a immolées. Ils font morts glorieufement en fervant la patrie; & moi, je vis pour éprouver ce que le fort pouvoit me réferver de plus cruel. Non, jamais la raifon ni le temps n'effaceront l'empreinte de la douleur que je reffens. — Tu fais, grand Dieu, ce qu'il en coûte à mon cœur lorfque je fuis forcé de figner un arrêt de mort! Tu fais quelle joie j'éprouve en faifant grâce! Que ne puis-je en ce moment!... mais le devoir me lie les bras.

LICHTENAU.

Votre indulgence & votre humanité vous ont acquis l'amour de tout votre régiment: chacun de nous chérit en vous un père, fur la tendreffe duquel il peut compter; & vous avez plus fait par votre bonté, qu'aucun autre n'eût pû faire avec une dureté inflexible. Cette douceur dans le commandement s'eft communiquée du chef au moindre officier, & fait aujourd'hui le bonheur de tout le Corps.

LE COLONEL.

J'en jouiffois moi-même; mais cette jouiffance fi précieufe, fi lentement acquife, un feul inftant l'a détruite, un feul événement empoifonne ma vie. (avec humeur.) Un homme injufte réduit deux braves foldats au défefpoir; l'ordonnance me prefcrit la remontrance, j'ai beau l'adoucir, elle bleffe un caractère généreux, mais bouillant, & caufe le malheur le plus irréparable.

LICHTENAU.

J'écraserois avec plaisir l'indigne auteur de tant de maux.

LE COLONEL.

Et que ce malheur tombe précisément sur l'irréprochable Comte de Waltron, voilà ce qui m'anéantit. Je suis l'ami de tous les hommes ; mais que, parmi eux , je distingue & préfère Waltron ; cela est bien juste : ne fût-il pas mon beau-frère, je ne pourrois m'empêcher de le chérir pour ses rares qualités , ses talens , son mérite & sa bravoure. C'est un vrai militaire, qui, malgré sa jeunesse , a donné des preuves d'un courage vraiment héroïque. La plus brillante carrière s'ouvroit devant lui. Sa dernière action le faisoit déjà regarder comme un des plus fermes soutiens de l'Etat ; ce grand homme, ce guerrier estimable, mon cher frère, l'époux justement adoré d'une femme tendre & vertueuse, de ma sœur que j'aime plus que moi-même, & ..... (*il soupire amèrement.*)

LICHTENAU.

Le coup est terrible.

LE COLONEL.

Ah ! mon ami , & plus terrible encore le reproche que je dois me faire ! Je connoissois le caractère bouillant du Comte de Waltron ; & moi son aîné, son supérieur, moi qui ai plus d'expérience que lui, je me suis laissé dominer par la colère, j'ai suscité la sienne, j'ai, pour ainsi dire, provoqué son insubordination, je suis enfin la cause de sa mort. (*il tombe presque évanoui dans un fauteuil.*)

LICHTENAU.

Quelles idées finiftres vous vous formez, M. le Comte ! C'eft moi qu'on devroit accufer plutôt que vous.... mais mon devoir fait mon excufe ; cependant....

SCÈNE II.

Les précédens, DE WINTER, ELSENEUR, WASTWORTH, CRONEBOURG.

ELSENEUR & DE WINTER *enfemble.*

Votre très-humble ferviteur, mon Colonel.

WASTWORTH & CRONEBOURG.

J'ai l'honneur de vous faluer.

LE COLONEL.

Mille grâces, Meffieurs.

DE WILLE.

Il ne vous fera pas difficile, Monfieur, de pénétrer le motif de notre vifite.

ELSENEUR.

Nous venons par rapport à notre cher camarade, le Comte de Waltron.

CRONEBOURG.

Pour vous fupplier de fauver, s'il eft poffible, ce brave Officier. On peut conduire cette affaire fi fecrètement, que....

LE COLONEL.

Si la chofe dépendoit de moi, Meffieurs, je n'aurois point attendu que vous vinffiez folliciter pour mon beau - frère ; mais plus je fuis perfonnellement intéreffé à lui pardonner, plus les devoirs de mon rang, qui eft actuellement pour moi un fardeau infupportable, exigent l'exécution ponctuelle des ordonnances.... S'il ne s'agiffoit que de ma vie, je la donnerois pour racheter la fienne ; mais ma fidélité n'eft à aucun prix : c'eft la mettre fans doute à la plus forte épreuve ; mais l'honneur m'ordonne de la foutenir, comme l'or foutient l'épreuve du feu.

DE WINTER à *Cronebourg*.

Quel exemple, M. le Comte ! Vous n'avez vu jufqu'à préfent que le côté brillant de notre état ; ce jour commence à vous en faire éprouver les peines ; & fi le fort des armes n'abrège point votre carrière, que de fcènes terribles ne verrez-vous pas !

LE COLONEL.

Jamais je n'en verrai de plus cruelle & de plus douloureufe que celle d'aujourd'hui.

ELSENEUR.

Effectivement, je ne penfe pas que le premier vétéran de l'armée ait jamais entendu parler d'un pareil événement.

DE WILLE.

Mais, mon Colonel, permettez-nous de vous demander quel eft le motif de cette fcène ? Vous étiez hier avec le Comte de Waltron, & vous n'avez eu aucun fujet de plainte contre lui.

LE

LE COLONEL.

Hélas ! je n'avois pas même l'ombre d'un mécontentement : nous avons soupé ensemble, & nous étions tous deux de la meilleure humeur du monde. Nous avons bu à nos santés respectives, à celle de ma sœur ; nous nous faisions une fête de la revoir bientôt, & de passer agréablement nos quartiers d'hiver auprès d'elle. Avant de nous quitter, nous nous sommes embrassés vingt fois : nous ne nous sommes jamais, je crois, fait autant d'amitiés.

CRONEBOURG.

Il semble que vous ayez présagé le malheur qui l'accable aujourd'hui.

LE COLONEL.

Je ne sais, mais je n'ai pu fermer l'œil de toute la nuit ; j'ai attribué mon insomnie aux vins de liqueur dont j'ai bu hier plus que de coutume : à trois heures, lorsque l'ordre de changer le mot du guet est arrivé, je veillois encore ; & comme j'allois m'endormir, un courier est venu m'avertir de me rendre auprès du Feld-Maréchal. J'ai couru au quartier général, tous les Colonels y étoient déjà. Le Colonel propriétaire de notre régiment, m'apostrophant d'un ton irrité, « Monsieur, m'a-t-il dit, » quelle détestable aventure est donc arrivée dans » mon régiment ? Savez-vous que deux hommes » de la compagnie de Waltron viennent de déserter » de leurs postes ?.... Je donnerois tout au monde » pour que la chose ne nous fût pas arrivée : si » le Capitaine du piquet n'eût pas été aussi actif

,, & auffi prudent qu'il l'a été, l'armée rifquoit une
,, furprife & une défaite générale. ,, Je me fuis
excufé, ainfi que mon beau-frère, du moins mal
que j'ai pu ; mais d'abord il ne vouloit rien entendre.

DE WINTER.

Ce n'étoit pourtant ni votre faute ni celle du cher
Waltron : — c'eft ce maudit caporal.....

LE COLONEL.

Cependant à force de raifons, tant bonnes que
mauvaifes, je fuis parvenu à le calmer : il m'a ordonné
de mettre Waltron aux arrêts, & de punir rigoureu-
fement l'auteur de cette défertion..... Il faut, me
dit-il, que la punition la plus févère, faite dans mon
propre régiment, devienne un exemple effrayant
pour tous les autres. Auffi-tôt je me fuis hâté de
joindre le régiment : j'ai fait appeler Waltron, je lui ai
repréfenté la chofe fans douté avec trop de chaleur,
car j'étois piqué au vif ; mais lui, loin de me
calmer, m'excitoit de plus en plus. Je l'ai menacé
de mon autorité, il s'eft emporté avec fureur ; je lui ai
ordonné les arrêts : à ce mot, ne fe poffédant plus,
il a tiré l'épée contre moi. Forcé de me mettre en
garde, à l'inftant que nos lames fe croifoient, la
fentinelle & l'aide de camp font furvenus & ont faifi
Waltron.... (*il tombe dans fon fauteuil.*)

DE WINTER.

Tout efpoir n'eft pas encore perdu, Waltron n'a
point encore reçu la récompenfe de fa belle action,
& le Feld-Maréchal pourroit.....

LE COLONEL.

Oh, mon ami, que vous connoiſſez peu les rigueurs du ſervice militaire ! Le devoir eſt notre deviſe : un ſeul faux pas annulle une longue ſuite de belles actions... d'ailleurs le Feld-Maréchal ne peut rien ſans les ordres de la Cour... Il n'y auroit que le Prince ;... mais il n'eſt point au camp, & le conſeil de guerre.....

LICHTENAU.

Voilà de Wille qui arrive au grand galop.

LE COLONEL.

Que de ſentimens divers j'éprouve en ce moment! Dieu, que mon cœur eſt agité ! O mes amis ! le ſort de Waltron eſt décidé.

SCÈNE III.

Les précédens, DE WILLE.

LE COLONEL.

Eh bien, Monſieur, quelle nouvelle nous apportez-vous ? la vie ou la mort ? (*de Wille abattu garde le ſilence.*) C'en eſt donc fait..... il eſt perdu...... oui, perdu à jamais.... (*il tombe dans ſon fauteuil.*)

DE WILLE.

Que je vous plains !.... que je plains tout le régiment !..... vous m'avez chargé d'une cruelle commiſſion.

LE COLONEL.

Je connois votre attachement pour Waltron, je vous ai choisi pour faire au brigadier le rapport le moins défavorable qu'il étoit possible ; moi Commandànt, moi son beau-frère, je n'aurois pu me permettre aucun ménagement.

DE WILLE.

Je l'ai servi en ami, mais je n'ai pu cacher le plus fort grief. Notre brigadier en a été alarmé, il vous a plaint, il a déploré le sort de Waltron ; &, avec le ton de la plus vive douleur, «allez, m'a-t-il dit, faire part de cette malheureuse affaire au Général en chef : le cas est si extraordinaire, que je ne veux rien prendre sur mon compte.» Je me suis transporté chez le Feld-Maréchal, que j'ai trouvé entouré de plusieurs Généraux. Je lui ai fait part de l'aventure ; alors, comme écrasé de la foudre, «Dieu, s'est-il écrié, cette journée est donc marquée au coin du malheur ! la perte de mon propre fils ne me feroit pas plus sensible. » Plusieurs des Généraux qui étoient là, ont tâché d'excuser la faute du comte de Waltron, ont demandé grâce en faveur de son mérite ; avec promesse de justifier auprès du roi une indulgence aussi méritée ; ils ont ajouté que le Prince lui devant la liberté & peut-être la vie, ce seroit lui manquer d'égards, que de rien décider avant son retour. Tout à coup, le dur comte de Nordstern prenant la parole : «vraiment, dit-il d'un ton ironique, vous pourrez aisément faire grâce, Monsieur, puisque la faute s'est commise dans le régiment que vous chérissez... Un Général en chef est au-dessus des lois ; il peut se

difpenfer d'y regarder de fi près. ,, A ce propos,
l'indignation s'eft peinte fur tous les vifages, chacun
fembloit avoir peine à fe retenir. Son Excellence
lui a fur le champ repliqué : M. le Général, vous
vous trompez ; puis prenant fa plume, il a écrit ; &
en fignant, il n'a pu retenir fes larmes. Adieu donc,
s'eft-il écrié, & c'eft-là la récompenfe de ta bravoure !
On a voulu le faire retracter, mais inutilement.
,,J'aime, a-t-il dit, mon régiment, & c'eft cet amour
même qui me force à une plus grande févérité ;
portez cet ordre au Lieutenant Colonel ; qu'on
affemble le confeil de guerre ; & qu'on exécute la
fentence fans délai. ,, (*il remet l'ordre au Colcnel.*)

LE COLONEL *ouvre la lettre d'ordre, lit jufqu'à
la fignature & s'écrie :*

O juge févère, homme compatiffant ! .... Je
trouve ici l'empreinte de ton ame fenfible ! rigueur
cruelle ! larmes précieufes ! vous honorez à la fois
le devoir & l'humanité ; vous avez coulé fur le fort
d'un homme vertueux ! Pardonnez-moi, Meffieurs,
je fuccombe fous le poids de la douleur. (*il s'appuie
fur un officier.*) Ah ! Dieu ! & c'eft le comte de
Nordftern....

DE WINTER *à de Wille en lui rendant l'ordre.*

Tenez, mon ami, portez cet ordre au Lieutenant
Colonel, & vous, M. l'Aide-Major, faites ce dont
il vous chargera..... Allez, Meffieurs.

DE WILLE.

J'aimerois mieux être commandé pour démonter
une batterie de cinquante canons.

C 3

SCÈNE IV.

Les précédens, (*sans de Wille ni l'Aide-de-Camp.*)

CRONEBOURG.

Monsieur le Comte, permettez-moi d'aller implorer la clémence de mon oncle, de me jeter à fes pieds, moi & tous les Enfeignes du régiment, au nom du corps des Officiers. Me le permettez-vous ?

LE COLONEL.

Si je vous le permets ! Ah ! Monfieur, nulle propofition ne peut être mieux reçue de moi, j'en fens tout le prix, & je la reconnoîtrai dans tous les temps, quel qu'en foit le fuccès. Allez, Monfieur, vous fentez tout ce que je dirois, tout ce que je ferois, fi le devoir de ma place n'impofoit filence à la nature & à l'amitié.

DE WINTER.

Mon cher Comte, employez tout pour fléchir M. votre oncle.

ELSENEUR.

Le plaifir me tranfporte, il faut que je vous embraffe. Si vous revenez avec la grâce de Waltron, je m'engage à vous porter en triomphe tout au tour du régiment.

LICHTENAU *qui furvient.*

Meffieurs, la comteffe de Waltron defcend de voiture, & veut entrer.

LE COLONEL.

Ma sœur !

DE WINTER.

O Ciel !

LICHTENAU.

Je me suis empreffé de vous l'annoncer , afin que vous ayez le temps de vous remettre. Je retourne à mon pofte. (*il fort.*)

LE COLONEL.

Quel coup affreux va la frapper !

ELSENEUR.

Que lui dire ? & comment lui cacher....

LE COLONEL.

Pour Dieu , Meffieurs , ne m'abandonnez pas dans ce trifte moment... reftez , de grâce.

SCÈNE V.

Les précédens , LA COMTESSE DE WALTRON.

LA COMTESSE *entre avec gaieté & embraffe fon frère.*

Hé bien , mon frère , cela s'appelle-t-il furprendre fon monde ? — Meffieurs , votre fervante.

LE COLONEL *s'efforce de prendre un air ouvert.*

En effet , ma sœur , je ne m'attendois fûrement pas à pareille furprife.

LA COMTESSE.

L'époque des quartiers d'hiver m'a paru trop éloignée pour l'attendre auffi patiemment que vous. A la vérité, j'ai manqué d'être punie de ce coup de tête, j'ai vu l'inftant où je ferois arrivée avec quelque membre de moins.

LE COLONEL.

Comment cela, ma fœur ? Vous nous effrayez.

LA COMTESSE.

Comme j'entrois au camp, un détachement du régiment de Nordftern y rentroit auffi, tambours battans ; mes chevaux épouvantés du bruit, ont pris le mors aux dents, & brifant barrières & piquets, ils auroient traîné les débris de ma voiture & de ma perfonne dans tous les quartiers du camp, s'ils ne s'étoient heureufement empêtrés dans les cordages de la tente du Colonel. Heureufement encore, à l'inftant où ma voiture alloit verfer, deux dragons font accourus pour la foutenir. J'en ai été quitte pour la peur : notre ami Catervin, fortant précipitamment de fa tente ébranlée, a fait mettre tout en ordre, & m'a donné deux cavaliers pour me conduire & m'accompagner jufqu'ici.

LE COLONEL.

Vous avez couru le plus grand rifque ; vous nous auriez donné là une fcène bien agréable ! En vérité, ma fœur, vous euffiez beaucoup mieux fait de refter dans vos terres.

LA COMTESSE.

Grâce à Dieu, je ne fens aucune douleur.
(*avec enjouement.*) L'époufe d'un foldat doit favoir
au befoin franchir un mauvais pas.

LE COLONEL.

Vous êtes de bien belle humeur aujourd'hui.

LA COMTESSE.

Comme de coutume, mon frère.... Quoi donc!
dans un camp de vainqueurs, tout ne doit-il pas
refpirer la gaieté? A préfent, mon Colonel, que je
vous ai fait ma vifite, comme à l'Officier général
commandant le régiment ; il faut que je rende mes
devoirs à mon commandant particulier : il faut que
je félicite mon héros & que je l'embraffe ; car, en
confcience, il a fa bonne part dans mon impromptu
d'aujourd'hui. Peut-être eft-il de fervice? en tout
cas je le relèverai.

LE COLONEL *effrayé, mais fe remettant un peu.*

Ma chère fœur, j'en fuis bien fâché, mais tu as
fait un voyage en blanc.... Waltron.... Waltron
a été détaché ce matin....

LA COMTESSE.

Encore,.... il me femble pourtant qu'il a bien
mérité un peu de repos...... Aujourd'hui je joue
de malheur ; vous verrez qu'il trouvera encore le
moyen de m'en confoler par quelque nouvelle
victoire. Qu'il revienne, je commence par lui fauter
au cou, cela eft trop jufte ; mais après je lui ferai
fa leçon.

LE COLONEL.

Sur quoi, ma sœur ?

LA COMTESSE.

Pour ne m'avoir pas seulement fait part de l'heureux événement dont je viens le féliciter ; il faut que j'apprenne ses succès par les bulletins. Croit-il ne me devoir aucun compte de sa gloire ? Attends, attends, mon fier favori, je t'apprendrai à m'oublier dans tes triomphes.

LE COLONEL.

Comment, ma sœur, il ne vous a rien marqué de sa dernière affaire ?

LA COMTESSE.

Pas un mot, & cependant il m'a écrit trois lettres depuis huit jours ; sans Madame la Comtesse de Goldan qui est venue m'en faire compliment, je n'en saurois encore rien.

DE WINTER.

Quel homme ! ah ! Messieurs, quelle modestie !

ELSENEUR.

Ma foi, Messieurs, trouvez-moi son pareil. (*Cronebourg paroît singulièrement touché, le Colonel est violemment agité.*)

LA COMTESSE.

Hé bien, que veut dire ceci ? Vous êtes attendris, vous pleurez ? lui seroit-il arrivé ? Ah Dieu ! de quoi pleurez-vous ?

CRONEBOURG.

Qui ne feroit ému en fongeant au mérite du comte de Waltron, & en voyant fa modeftie?

LA COMTESSE.

Mille grâces, Meffieurs, pour votre fenfibilité : (*elle leur fait la révérence, & leur jette des baifers avec les mains.*) je vous embrafferois tous pour ce témoignage d'eftime, & je vous gronderois d'éteindre ma gaieté par vos larmes ; fi Waltron n'avoit pas mérité d'être embraffé & grondé le premier. A préfent, mon cher frère, ah pardon ! peu s'en eft fallu que je n'aie manqué à la fubordination ; voudriez-vous bien, Monfieur le Colonel commandant, me faire la grâce de me dire en quel endroit vous avez détaché le capitaine Waltron ?.... eh bien, cela s'appelle parler fuivant l'ordonnance ? Ha, ha, ha !

LE COLONEL.

(*à part.*) Dieu !... (*haut.*) Je ferois fort embarraffé de vous le dire ma fœur. Qui fait où il peut être en cet inftant ?....

LA COMTESSE.

Mais, mon frère, vous me paroiffez troublé.... & vous auffi, Meffieurs : quoi ! un Officier de marque eft détaché, & fon Colonel ne fait pas où ? cela commence à m'inquiéter férieufement.

ELSENEUR.

Madame, nous ne fommes pas plus tranquilles que vous fur le fort du comte de Waltron ; excellent

Officier, mais fougueux autant que brave, il eſt homme à ſe précipiter dans des dangers que d'autres auroient la prudence d'éviter. Je crois même qu'en cas d'accident, vous devriez lui épargner la double ſouffrance de ſes maux & des vôtres. D'ailleurs, nous attendons à chaque inſtant l'ordre de marcher, le premier ſignal ſera celui d'une bataille ; vous voyez bien, Madame, qu'il n'eſt point étonnant que nous ſoyons ſérieux & préoccupés.

LE COLONEL.

Oui, ma ſœur, nous avons ordre de nous tenir prêts à marcher, je te conſeille de remettre ta viſite à un autre temps.

LA COMTESSE.

Mais pourquoi donc êtes-vous ſi émus, Meſſieurs ? Vous vous troublez, vous évitez mes regards..... Ciel, quel preſſentiment !... mon mari ſeroit-il... ô Dieu ! vous pâliſſez, mon frère. Mon mari eſt mort !

ELSENEUR.

Non, Madame, ſur mon honneur, il reſpire. Ciel, qu'entends-je ?

SCÈNE VI.

Les précédens, LE FOURRIER, plusieurs Caporaux. (*Plusieurs soldats de la Compagnie de Waltron approchent de la tente du Colonel, & ils s'entretiennent très-haut.*)

LE FOURRIER.

Monsieur le Colonel, nous vous prions au nom de toute la compagnie.....

LE COLONEL.

Ciel !

DE WINTER.

Comment lui cacher maintenant ?.....

ELSENEUR.

Imprudens ! retirez-vous. (*il veut les faire sortir, mais ils crient tous plus fort.*)

LE FOURRIER.

Pour Dieu, ayez pitié de notre Capitaine, nous voulons tous.....

ELSENEUR *veut toujours les contraindre à se retirer, mais en vain.*

Taisez-vous.

LE FOURRIER, LES CAPORAUX.

Tous tant que nous sommes, nous voulons mourir à sa place ; accordez-nous la vie de notre cher Capitaine.

LA COMTESSE *s'élance vers le Fourrier, le saisit par le bras.*

Arrête, mon ami, qu'y a-t-il ? que veux-tu ? quel est ton Capitaine ?........ parle. (*le Colonel, de Winter, Cronebourg & Elseneur font signe à tous de se taire, le Fourrier ne s'en apperçoit pas.*)

LE FOURRIER.

Ah ! Madame, vous êtes un ange descendu du ciel ! Aidez-nous à obtenir la grâce de notre cher capitaine, le comte de Waltron !

LA COMTESSE.

Waltron ?

LE FOURRIER.

Il va subir un conseil de guerre.

LA COMTESSE.

Dieu !.... mon mari ? (*elle perd connoissance & tombe.*)

TOUS ENSEMBLE.

Madame !... ma sœur ! Comtesse !... (*ils s'élancent tous vers elle pour la secourir.*)

LE COLONEL.

Qu'avez-vous fait, malheureux ? mes peines n'étoient-elles pas assez cuisantes ?

LE FOURRIER.

Ah, mon Colonel, grâce, grâce à notre Capitaine : je vous offre ma vie pour la sienne.

Tous à la fois, & un d'eux ensuite.

Et nous aussi..... & moi aussi.

CRONEBOURG.

Il n'y a pas moyen d'y tenir..... il faut que je
pleure. Mes chers amis, modérez-vous, la grâce
que vous implorez ne dépend point de M. le Comte;
le Feld-Maréchal seul peut la faire : allons, mes amis,
allons tous nous jeter à ses pieds, il est mon oncle;
que dis-je?... vous êtes ses enfans, il ne pourra
résister aux prières de tant de braves gens; allons
embrasser ses genoux, & ne les quittons point qu'il
ne nous ait accordé la grâce du brave Waltron.

LE COLONEL *l'embrasse.*

Que le ciel seconde un si noble dessein. (*il serre
la main du fourrier & celle d'un vieux soldat.* Mes
camarades, je vous remercie pour mon beau-frère,
pour sa malheureuse épouse, pour moi-même. (*ils
veulent tous lui baiser la main.*) Que faites-vous,
mes amis? (*il les en empêche : les soldats, le fourrier
saluent & se retirent pleins de douleur & d'espoir.*)

DE WINTER.

Messieurs, l'infortunée Comtesse a besoin des
plus prompts secours.

ELSENEUR.

Si l'on m'en croyoit, on profiteroit de l'état où
elle est pour l'éloigner du camp, je l'accompagnerai;
sa présence ne peut que faire accélérer la décision
du conseil de guerre, & augmenter les angoisses
mortelles de son malheureux époux.

DE WINTER.

Vous avez raison, mon ami, c'est le seul moyen
de prévenir une rumeur générale dans le camp.

LE COLONEL.

Faites ce que la prudence exige, Meſſieurs. Ah, ma pauvre ſœur! je vous la recommande comme l'objet le plus cher à mon cœur, & le plus digne de pitié qui ſoit au monde.... Conduiſez-la juſqu'à Sinsberg, à une lieue du quartier général.

LA COMTESSE, *au moment où on veut l'enlever, reprend ſes eſprits.*

Ciel! où ſuis-je?

LE COLONEL.

Tout eſt inutile... C'eſt à préſent, grand Dieu, que j'ai beſoin de fermeté!

LA COMTESSE.

Où voulez-vous me mener? où eſt mon mari?... C'eſt vers lui qu'il faut me conduire.

DE WINTER.

De grâce, Madame, modérez votre inquiétude, vous verrez votre mari, vous lui parlerez; mais pour l'inſtant, cela eſt impoſſible.

LA COMTESSE.

Comment impoſſible? M. le Colonel, je veux abſolument voir mon mari. Qui peut,... qui oſe m'en empêcher?... Mon mari! mon mari!

DE WINTER.

Les lois ne permettent pas qu'avant le...

LA COMTESSE.

Avant quoi? les lois! & quelles lois? il n'en eſt point qui puiſſent nous déſunir.

LE

LE COLONEL.

Ah, ma chère sœur, ayez pitié de moi, ... de lui!

LA COMTESSE.

Moi ta sœur? Barbare! tu m'enleves mon mari;
& tu veux que je te donne le doux nom de frère?

DE WINTER.

Madame, ces reproches sont trop cruels : ils ne
sont point mérités ; vous connoissez le cœur de votre
frère, vous ne pouvez être pénétrée vous-même
d'une douleur plus vive que la sienne.

LA COMTESSE.

Grand Dieu, tu prends plaisir à m'accabler! par
où ai-je pu mériter ta colère? —— (*elle pleure amèrement.*)
Sort funeste! (*vivement.*) où est-il? je veux, je veux
le voir...... Tu dois subir un conseil de guerre?
toi, Waltron! toi, le meilleur & le plus brave Officier
de l'armée! toi le plus utile à la patrie, le plus
redoutable aux ennemis! ton sang seroit versé?...
versé par les lois? Eh! quel est donc ton crime? Non,
un héros tel que toi n'a pu mériter que des trophées
& des couronnes...... Parlez, répondez-moi.....
mais quel affreux silence!.... vous vous taisez,
barbares! vous vous taisez envain...... j'irai de
rang en rang demander Waltron à toute l'armée....
vos soldats plus justes & moins cruels que vous.....

LE COLONEL.

Ma sœur !

DE WINTER. } *ensemble.*

Madame !

D

LA COMTESSE.

Il faut que j'éclaircisse le fort affreux.

ELSENEUR,

Cela n'est pas possible, Madame. (*tous tâchent de la retenir.*)

LA COMTESSE.

Retire-toi, barbare ! Dieu seul peut enchaîner mes pas. Waltron, Waltron, où es-tu ? je veux mourir avec toi. (*elle fort furieuse.*)

LE COLONEL.

Ma sœur !

DE WINTER.   } *ensemble.*

Madame !

ELSENEUR.

Madame !

Fin du second acte.

ACTE III.

SCÈNE PREMIÈRE.

On voit aux deux côtés de la scène une partie du camp. Dans le fond est le régiment rangé de front, & le piquet des drapeaux. Du côté droit, la tente d'un Officier général. On voit arriver, de droite & de gauche, des pelotons de soldats ; l'Aide-de-Camp les range à leurs postes. Des tambours apportent deux caisses qu'ils posent l'une sur l'autre.

ELSENEUR, DE WINTER, WASTWORTH & un LIEUTENANT. (*ils saluent l'Aide-de-Camp.*)

ELSENEUR.

Nous voici chargés d'une triste commission.

DE WINTER.

Faut-il que je sois appelé pour juger mon meilleur ami !

LICHTENAU.

J'aurois bien desiré pouvoir vous épargner cette scène cruelle, mais c'étoit votre tour.

ELSENEUR.

Cet article de l'ordonnance m'a toujours répugné, & j'avoue que c'est pour moi la plus pénible fonction de notre état.

D 2

WASTWORTH.

Ma foi, fi mon uniforme m'a jamais pefé fur le corps, c'eft bien aujourd'hui ; fi j'étois riche, je quitterois immédiatement après la guerre......, Ce brave Waltron, le modèle des Officiers ; hier comblé d'honneurs, aujourd'hui courbé fous le poids de l'infortune. Ah ! Waltron, Waltron, ta mort eft bien faite pour décourager quiconque attend quelque bonheur dans le fervice.

ELSENEUR.

Dans l'état civil, toute faute qui n'eft pas un crime, s'excufe facilement ; mais dans l'état militaire, il n'y a pas de milieu entre défobéir & mourir.

DE WINTER.

Soumis comme vous, Meffieurs, aux lois de la fubordination, chaque jour j'en approuve l'utilité ; aujourd'hui cependant elles révoltent mon cœur, & pèfent à ma confcience même.

ELSENEUR,

Le fait eft public, les ordres du Roi font pofitifs, irrévocables ; vouluffions-nous nous arracher les yeux pour ne point voir, nous ne pourrions le fauver.

WASTWORTH.

Quand je me rappelle avec quel enthoufiafme le malheureux Waltron exaltoit cette ordonnance, avec quel feu il la défendoit en toute occafion ; & ce matin encore, tout en pleurant fur le fort du brave Caporal, qui hier.....

ELSENEUR.

Ah, Lichtenau, vous favez ce qui s'eft dit rela-
tivement au Caporal de la compagnie de Waltron.

LICHTENAU.

Tout ce que j'en fais, c'eft qu'il a été convaincu
d'avoir caufé la défertion. On a fu qu'il aimoit le
jeu, & qu'il avoit emprunté de l'argent aux deux
foldats qui ont déferté. Que ne pouvant le leur
rendre, & fe trouvant preffé par eux de le faire,
attendu le befoin abfolu qu'ils en avoient; ce
Caporal, pour prévenir leurs plaintes & leur ôter
la croyance de leur Capitaine, les avoit accufés
d'ivrognerie. Que ce Caporal avoit la confiance du
comte de Waltron, qui l'eftimoit à caufe de fon
exactitude pour le fervice; & que les deux foldats
ayant appris qu'ils étoient mal notés auprès de leur
Capitaine, [en avoient conçus un tel dépit, qu'ils
avoient déferté.

DE WINTER.

Les malheureux! que ne s'expliquoient-ils avec
Waltron, ils connoiffoient fon intégrité; que de
malheurs ils auroient prévenus!

LICHTENAU.

Le Caporal payera cher fa fottife; car, d'après
ce que j'ai appris du rapport fait au Colonel, &
de fon réfultat, le Caporal doit paffer dix fois par
les verges de trois cens hommes; & quelques-uns
d'entr'eux, fâchés de ce qu'il n'étoit pas condamné
à mort, lui ont crié : va, tu n'y perdras rien, nous
toucherons de manière qu'on verra le foleil à travers
ton fquelette.

D 3

Wastworth.

Je le garantis mort au fecond tour, car tout le
régiment eft fingulièrement attaché au Capitaine
Waltron ; & avec raifon, car il n'y apas un d'eux
auquel il n'ait fait du bien.

DE Winter.

Les témoins de fes belles actions fupporteront
difficilement fa fin tragique. Mais le Prince, le
Prince, où eft-il ?

Elseneur.

Oh, il s'amufe actuellement dans la capitale, il
jouit du préfent & oublie le paffé. Les grands
font fujets à perdre la mémoire. Il reviendra, mais
quand ? il fera bien temps alors !

DE Winter à *Waftworth.*

Ce matin, mon cher ami, pendant le déjeûné,
nous félicitions ce pauvre Comte fur fon avénement
à la majorité : les chofes font bien changées. Dieux !
quel avancement !

Wastworth.

Mais qui peut avoir répandu ce bruit ? rien ne
le confirme, je n'y comprends rien.

Lichtenau.

Meffieurs, voici notre Major. (*tous s'avancent vers
lui & le faluent.*)

SCÈNE II.

Les précédens, LE MAJOR, L'AUDITEUR.

LE MAJOR.

PARDON, Meſſieurs, je me ſuis fait attendre.

DE WINTER.

A pareille cérémonie on arrive toujours trop tôt.

LE MAJOR *bas à de Winter.*

Que ne donnerions-nous pas vous & moi, pour qu'une alerte vînt interrompre ce conſeil !

DE WINTER.

Plût à Dieu ! (*bas à l'Auditeur.*) votre habileté, M. l'Auditeur, pourroit dans cette occaſion vous faire beaucoup d'honneur.

L'AUDITEUR *mettant la main ſur ſa poitrine.*

Je ferai tout ce qui dépendra de moi, ſoyez-en bien certain. (*ils entrent dans le cercle, le Capitaine du piquet commande.*)

Portez vos armes. (*tous ſe mettent en ordre , huit hommes, dont deux fourriers, deux caporaux & quatre fuſiliers entrent par les côtés : les Capitaines ſe rangent en face les uns des autres ; le Major ſe place à la droite, l'Auditeur à la gauche : le Major tire ſon épée, la poſe ſur la caiſſe, l'Auditeur la croiſe de ſon bâton & tire ſes tablettes. Dans l'intervalle, on voit entrer le Prévôt, un*

D 4

caporal, quatre hommes, baïonettes au bout du fusil ; au milieu d'eux le Capitaine Waltron, les fers aux mains ; ils se rangent à gauche, le prévôt lui donne la clef pour détacher ses fers qu'il pose à ses pieds.

LE MAJOR.

Faites avancer le prisonnier. (*on amène Waltron dans le cercle, la garde se tient des deux côtés : il avance avec assurance, & salue respectueusement le Major ; on remarque sur toutes les figures l'expression de la douleur ; le Major particulièrement tâche de cacher son trouble.*)

LE MAJOR.

De Par son Excellence, le Comte de Belmenhorst, Général en chef, Colonel propriétaire de ce régiment. Sur le rapport qui a été fait ; il a été ordonné que le présent conseil de guerre s'assembleroit pour juger le cas d'insubordination dont vous, M. le comte de Waltron, êtes accusé : en conséquence, vous voudrez bien répondre aux questions qui vont vous être faites.

L'AUDITEUR.

Ayez la bonté, M. le Capitaine, de me dire vos nom, surnom, qualités, le lieu de votre naissance, votre âge & vos années de service. (*il écrit sur ses tablettes tout ce que Waltron lui répond.*)

WALTRON d'un ton ferme.

Je m'appelle Adolphe - Fréderic, Comte de Waltron, baron & seigneur de la baronnie de Woltenau, né dans le château de Waltron, âgé de trente-trois ans, quatorze années de service, actuellement Capitaine dans le régiment du comte de Belmenhorst.

L'Auditeur *ayant écrit.*

La raifon pour laquelle vous paroiſſez devant ce confeil vous eſt connue ; mais, pour fuivre ponctuellement l'efprit des ordonnances, vous voudrez bien déclarer, fur votre honneur & confcience, les circonſtances de votre rencontre.

WALTRON.

J'ai enfreint les lois de la fubordination, en tirant ce matin mon épée contre le brave & digne Colonel commandant de ce régiment.

L'Auditeur.

Qu'eſt-ce qui vous y a porté ?

WALTRON.

Trop de vivacité & un fatal emportement.

L'Auditeur.

Cet emportement n'a-t-il aucune caufe étrangère au fervice & propre à vous fervir d'excufe ?

WALTRON.

Aucune....... M. le Colonel m'a repréfenté que deux foldats de ma compagnie avoient déferté du piquet, la nuit dernière ; & m'a recommandé plus d'attention dans le choix des factionnaires que je fourniſſois. Moi, qui ne me fentois coupable d'aucune inattention, je n'ai pas pu contenir ma vivacité, & je me fuis fervi d'expreſſions dures & menaçantes ; ... le Colonel, juſtement offenfé, m'a ordonné les arrêts :.. alors, tout hors de moi, j'ai mis l'épée à la main, & l'ai forcé de fe mettre en garde.

L'Auditeur.

N'auroit-il pas, par quelques expreffions trop vives, bleffé votre délicateffe & porté atteinte à votre honneur ?

Waltron,

Nullement.

L'Auditeur,

Quelqu'un avant lui ne vous auroit-il pas fait quelque reproche à ce fujet ?

Waltron.

Perfonne.

L'Auditeur *fe frottant le front.*

Votre vivacité n'auroit-elle pas été excitée par quelque chagrin, ou quelque différent qui n'étoient pas encore calmés ?

Waltron *impatienté.*

Rien de tout cela, je ne puis accufer que moi.

L'Auditeur,

Auriez-vous peut-être, contre votre ordinaire, bu un verre de vin de trop ?

Waltron *à moitié en colère.*

Ne croit-on pas que je fuffe ivre ?

L'Auditeur.

Vous refte-t-il quelque chofe à dire ?

Waltron.

Rien.

L'Auditeur *hauffant les épaules.*

Retirez-vous, Monfieur le Comte. (*Waltron fe retire avec la garde & le Prévôt : tout eft dans un morne filence. L'Auditeur pourfuit :*) Son Excellence M. le comte de Belmenhorft, pour fatisfaire aux ordres du Roi, enjoint aux Préfidens & Juges du préfent confeil de guerre, de prendre communication de l'ordonnance. (*il lit l'ordonnance.*) Article V de l'ordonnance royale du 7 août de la préfente année : (*tous les affiftans ôtent leurs chapeaux.*) « Tout » officier, bas-officier, fourrier, foldat, de quelque » qualité qu'il puiffe être, coupable d'infubordina- » tion, fera jugé par un confeil de guerre affemblé » fur l'heure, & paffé par les armes, fans aucune » remife ni commutation de peine. Ainfi voulons » qu'il foit procédé, à la diligence du Colonel » propriétaire de chaque régiment, fous peine de » caffation & de notre difgrâce. » (*il pofe l'ordonnance fur la caiffe, & chacun remet fon chapeau.*)

En exécution de cette ordonnance royale, & conformément à l'art. XXVI de nos lois militaires, je fuis obligé de conclure à la mort. (*il parle bas au Major, enfuite à tous les Officiers fuivant leur rang, on remarque fur tous les vifages les mouvemens de la douleur & de la compaffion. Le Major reprend fon épée, l'Auditeur fon bâton ; toutes les perfonnes du confeil de guerre tirent leurs épées.*)

LE MAJOR.

Que tous ceux dont l'opinion eft conforme à la mienne lèvent la main.

(*Tous la lèvent, à l'exception d'un caporal, d'un*

appointé & de deux vieux foldats ; l'Auditeur compte les voix majeures, rédige la fentence fur fes tablettes & les pofe fur la caiffe.)

Qu'on faffe entrer le prifonnier.

(*Le Prévôt & la garde l'amènent, l'Auditeur reprend fes tablettes fur la caiffe, les donne au Major pour figner la fentence; celui-ci le fait avec beaucoup d'émotion; l'Auditeur demande tout bas au Prévôt le bâton blanc, le Prévôt le lui donne à regret; le Major ayant figné, l'Auditeur y appofe auffi fa fignature & lit la fentence au comte de Waltron.*)

Monfieur le comte de Waltron, capitaine de ce régiment, ici préfent, ayant confeffé lui-même avoir manqué à la fubordination, & tiré l'épée contre fon Excellence M. le comte de Bembrock, fon colonel commandant, fans autre caufe que les juftes repré-fentations qui lui ont été faites fur la défertion de deux foldats de fa compagnie; l'avis du confeil de guerre ici affemblé eft que lui, comte de Waltron, foit paffé par les armes. (*il caffe le bâton & le jette aux pieds du Comte.*)

Prononcé en notre confeil de guerre, à Nordholm ce 20 Septembre, fauf la grâce du Roi. (*chacun remet fon épée.*)

WALTRON *s'incline fans quitter fon fang froid & répond :*

J'accepte ma fentence & je l'approuve ; j'oferai cependant, en confidération des fervices que j'ai rendus, fupplier mon régiment de m'accorder un délai d'une heure pour arranger mes affaires, écrire un dernier adieu à mon époufe, & me préparer à la mort : je defirerois auffi qu'on voulût bien engager mon Colonel à m'accorder un inftant d'entretien, afin que je puiffe lui faire mes excufes ; il eft mon beau - frère, & fut toujours mon plus fidèle ami : il a l'ame trop élevée, & le cœur trop fenfible pour que mon malheur lui foit indifférent ; je lui dois plus que des excufes, il a befoin de confolations.

LE MAJOR.

Nous aurions tous defiré, Monfieur le Comte, que vous euffiez mis à plus haut prix la récompenfe de vos rares fervices ; vous demandez bien peu de chofe & bien peu de temps. (*au Prévôt.*) Conduifez le prifonnier dans un lieu tranquille, & avertiffez-moi quand il vous donnera le fignal pour exécuter la fentence. (*à un Lieutenant.*) Vous, Monfieur, allez préfenter au Colonel la requête de M. de Waltron, & rapportez-lui en la réponfe.

(*il fort du cercle, les autres le fuivent. En paffant devant le prifonnier, il lui ferre la main.*) Mon cher Waltron, vous connoiffez le fond de mon cœur.... mon devoir fait mon excufe......... Adieu. (*il fort accablé de douleur.*)

L'AUDITEUR.

Vous ne vouliez donc pas abfolument vous fauver ?

WALTRON.

Me fauver, moi ? vous me connoiffez bien peu... vous avez fait plus que vous ne deviez... Adieu.

SCÈNE III.

WALTRON, DE WINTER, ELSENEUR, WASTWORTH.

WALTRON *remet fes fers & rend la clef au Prévôt; il les regarde tous.*

POURQUOI donc êtes-vous fi confternés, mes amis?... fuis-je le premier qui ait enfreint les lois & qui en foit puni.

DE WINTER.

Un homme tel que toi! oui certainement, tu es le premier.

WALTRON *avec indifférence.*

Un homme tel que moi, quand il a fait ce que j'ai fait, doit mourir pour l'exemple des autres, & le maintien de la fubordination. Quel fut le crime de ce Roi d'Angleterre mort fur un échafaud? il voulut fe rendre indépendant, régner en defpote. Il entreprit fans précautions, ce que nombre de fes prédéceffeurs avoient heureufement exécuté, & ce que beaucoup de fes fucceffeurs tenteront, peut-être, avec plus de fuccès. La différence eft grande entre un Roi & un Officier! le Monarque a fubi la mort, & l'Angleterre fubfifte comme auparavant: ainfi ma patrie ne manquera pas de défenfeurs, & fes armes ne feront pas moins redoutables, quoique je ne fois plus.

ELSENEUR.

Oh, pour le coup, ceci paſſe toute idée..... ta
réſignation eſt plus cruelle que ton malheur ; elle
nous rend ta perte plus douloureuſe, & je ſens
qu'elle triomphe de ma fermeté.

WALTRON.

Je conſerve la mienne & j'en ai beſoin ; plutôt
pour ſupporter les maux que je cauſe, que ceux
que j'éprouve. Mon digne beau-frère ! & toi, ma
chère femme !..... voilà le poids qui me ſerre le
cœur !... que lui écrirai-je ? comment juſtifier ma
conduite ?... elle qui a la douceur d'un ange, qui
a ſi ſouvent gémi de mes emportemens, qui les a
ſupportés ſi patiemment, l'en voilà donc victime...
oh je ſuis bien coupable ! Et toi, mon fils !... je
meurs, non comme il convenoit à ton père de
mourir ; je meurs de la main de mes chers camarades, & je meurs puni.

DE WINTER.

Cher ami, ſi tu ſavois ce qui t'attend encore.

WALTRON

Ce qui m'attend ?... plus que la mort ?... que
pourroit-ce être ?... Ciel que vois-je ?...

SCÈNE IV.

Les précédens, LA COMTESSE
DE WALTRON.

LA COMTESSE *s'élance vers la scène les bras
ouverts.*

Ha, mon époux !

WALTRON.

Que fais-tu, femme infortunée ?

LA COMTESSE.

Vous l'avez donc facrifié, barbares ! ce héros,
l'honneur de l'armée ; il étoit trop grand à vos
yeux !.... affreufe haine, baffe jaloufie, vous êtes
fes bourreaux. Vertu, mérite, honneur, fuyez, ils
font indignes de vous poffّéder. Jufte Ciel, tu vois
ces horreurs & tu ne tonnes point, & tu n'as point
encore foudroyé ces perfides.

WALTRON.

Arrête, ma trop tendre amie, ta douleur t'égare.

LA COMTESSE *avec fureur.*

Des chaînes,.... les entraves du crime autour
de ces mains victorieufes ?... Sont-ce là les palmes
triomphales, font-ce là les lauriers dus à ta valeur ?
(*encore plus furieufe.*) Quels apprêts ! monftres
affreux !... venez m'anéantir....

WALTRON.

WALTRON.

Ah ! mes amis, qu'avez-vous fait ?

LA COMTESSE.

Eux, tes amis ? ces tigres ?..... Vois comme ils
font tranquilles !... la fauffeté fe peint dans leurs
yeux, la perfidie découle de leur cœur infernal !

DE WINTER.

Ah, Madame, fi vous faviez !...

LA COMTESSE.

Je n'en fais que trop, cœurs lâches, amis perfides.
Non contens d'immoler mon époux, vous vouliez
m'arracher de fes bras. Vous craigniez ma fureur,
vous en aviez fujet : enchaînez auffi ces mains
avides de vengeance, ou tremblez.... Et moi, qu'un
jufte orgueil amenoit en ces lieux ; qui, fière d'être
aimée d'un héros, le cœur palpitant de joie & de
tendreffe, venois jouir de ta victoire, embellir ton
triomphe & refpirer ta gloire : cher époux ! je te
trouve entouré de bourreaux ; la mort, l'affreufe
mort s'apprête à te frapper ; les armes de la patrie
font tournées contre toi ; & ces mêmes foldats que
tu inftruifois à vaincre, que tu guidois dans les
combats, que tu foulageois dans les camps, vont
fe fouiller d'un fang que tu verfas mille fois pour
eux ! ô comble d'atrocité ! ô défefpoir ! ô rage !

WALTRON.

C'eft à tort que tu les acccufes ; ce font mes
plus chers amis ; tous méritent ton eftime ; tous

E

partagent ta douleur; ils ne font point les auteurs
de ma mort ; moi feul me fuis précipité dans
cet abyme dont perfonne ne fauroit me tirer.

LA COMTESSE.

Arrête, cruel, laiffe au moins l'efpérance à mon
cœur. Tu mourrois ! toi, dont le fang a coulé glo-
riéufement pour la patrie ! toi, qui as fauvé ton
prince ! tout couvert encore des lauriers que tu
viens de cueillir, tu mourrois ! Non : quelle que foit
la faute que tu ayes commife, tu ne mourras point ;
la difcipline eft-elle donc plus facrée que la reconnoiffance ? & la juftice ne fait - elle que punir ?

WALTRON.

Ah, Sophie ! ma chère Sophie ; aye compaffion
de moi ; fi j'ai encore quelques droits fur ta tendre
foumiffion, épargne - moi ce cruel affaut ! ne me
rends point l'objet d'une compaffion humiliante !
Ma punition eft néceffaire pour le maintien des lois.
Trop d'abus, trop de défordres ont forcé le meilleur
des Monarques à promulguer ces lois févères, mais
juftes & irrévocables.

LA COMTESSE.

Ah ciel ! prends pitié de moi ! (*elle lève les bras,
& avec l'expreffion la plus vive*) Waltron ! Waltron !
(*elle tombe dans les bras de fon mari.*)

DE WINTER.

Quel fpectacle déchirant !

LA COMTESSE.

Irrévocables ! (*elle fe promène, le défefpoir peint fur
le vifage.*)

WALTRON.

Ma chère Sophie, calme ces transports, plus cruels pour moi que la mort même.

LA COMTESSE.

Toi, mourir? & pourquoi? pour un emportement involontaire, contre ton meilleur ami, contre mon frère? des lois féroces seroient irrévocables! Quel démon les a inspirées? quel tyran les a faites? quel Dieu les a sanctifiées?

WALTRON.

Arrête, téméraire: respecte ton Prince & ton Dieu. Libre de penser & d'agir, ma raison adopta ces lois, & les adopte encore: elles auroient été la base de mon jugement contre tout autre, je les ai enfreintes, je dois mourir; que mon repentir me fasse trouver grâce auprès du ciel, l'exemple de ma mort est dû à la terre.

LA COMTESSE.

Eh quoi! le repentir qui réconcilie avec les Dieux mêmes, ne peut-il rien sur les hommes? Waltron imploreroit-il vainement sa grâce, de ce même Souverain qui lui doit la liberté de son propre fils?

WALTRON.

Quoi! tu voudrois, qu'esclave de la vie, je demandasse, pour prix de mon courage, des jours que la loi a proscrits? non, je ne flétrirai point...

LA COMTESSE.

Ah, fais taire un orgueil barbare; & si l'amour est sur toi sans pouvoir, écoute la nature; entends

E 2

les gémiſſemens & les cris de ton malheureux fils ;
vois ſes pleurs couler dans mon ſein ; les angoiſſes
& les déchiremens de mon cœur, lorſque ſa voix
ſanglotante, redemandant ſon père à ta malheureuſe
épouſe, lui rappellera le ſon de ta voix , & que
feſant revivre ton image, il me retracera chaque
jour le ſpectacle de ta mort..... Tu détournes les
yeux , & tu retiens tes larmes... j'invoque en vain
les noms ſacrés d'époux & de père ?.... tu ne les
connois plus.

ELSENEUR.

Madame, ceſſez de preſſer le cœur de votre époux
entre les lois de l'honneur & les droits de la nature ;
profitons des inſtans précieux qui nous reſtent....
Venez, Madame, vous pouvez peut-être encore
ſauver notre malheureux ami.

LA COMTESSE *avec l'expreſſion de la joie la plus vive.*

Si tu dis vrai, tu es un ange !... je me jette à
tes genoux ; que faut-il ? ma vie? oui, mille fois
ma vie....

ELSENEUR.

Sa grâce dépend uniquement du Général en chef :
vous ſeule pouvez le fléchir, nous joindrons nos
inſtances aux vôtres : venez.

WALTRON *en colère.*

Elſeneur, que fais-tu ?...Et toi auſſi tu veux...

LA COMTESSE.

Homme divin ! ſois mon guide: je vole ſur tes

pas. (*elle le prend par la main, puis faifant réflexion,* *elle s'arrête.*) Mais ne feroit-ce pas un piége,... & ne m'éloigneroit-on que pour avancer fon trépas?....

ELSENEUR.

Madame, vous croiriez?...

DE WINTER.

J'engage mon honneur & je réponds fur ma vie de celle de votre époux, jufqu'à votre retour.

LA COMTESSE *fixe Waltron & de Winter d'un air penfif.*

Ma vie & mon ame font entre vos mains ;... fi à mon retour Waltron n'eft plus, fon fils n'aura plus de mère :.... vous m'entendez. (*la Comteffe embraffe* *Waltron & fort accompagnée d'Elfeneur & de Waftworth.*)

WALTRON.

O femme infortunée ! quel fera ton défefpoir !... (*à de Winter.*) Cher ami, je veux confacrer quelques inftans à me préparer à la mort ; mais ne t'éloigne pas : avant une demi-heure j'aurai befoin de mon fidelle ami.

DE WINTER *l'embraffe.*

WALTRON.

Courage, mon ami, c'eft l'affaire d'un inftant.

Fin du troifième afte.

ACTE IV.

SCÈNE PREMIÈRE.

On voit le régiment sous les armes, drapeau déployé; la même tente d'Officier qu'au troisième acte; quatre hommes à côté de celle où le comte de Waltron est assis: lorsqu'il avance, ils le suivent. L'Officier qui doit commander le piquet de l'exécution, se promène dans le fond de la scène, le Prévôt attend ses ordres. Waltron lit, se lève & s'avance d'un air serein.

WALTRON *les fers aux mains.*

LE plus fort est fait. Oui, le plus difficile n'est pas de quitter la vie, mais d'en rendre compte à l'auteur de notre existence, & de se réconcilier avec lui avant la mort.

Toi, qui d'un souffle as créé l'univers, & qui d'un souffle peux l'anéantir, un retour sincère, un mouvement de repentir, un simple vœu du cœur suffisent pour te calmer; tu reçois dans ton sein, avec une égale bonté, les Sujets & les Monarques; créatures d'argile, pêtries dans tes mains. Dieu consolateur! tu m'as plus accordé depuis le peu d'instans que je m'entretiens avec toi, que n'eût pu faire le plus grand roi de la terre dans une longue suite d'années. O combien il est difficile d'obtenir d'un homme le pardon d'une offense! & avec quelle facilité tu pardonnes aux foibles mortels, toi, le Souverain des souverains!

Que dans ce moment suprême où la mort nous

ouvre les portes de l'éternité, la prière eſt conſolante !
(*avec joie & ſérénité.*) quel calme j'éprouve ! . . . . . .
encore une petite occupation, & ma pénible journée
ſera finie. . . . . (*il tire quelques papiers, il les fixe.*) &
vous auſſi , vous produiſez le même effet qu'une
prière avant la mort. (*il voit arriver de Winter.*)

SCÈNE II.

WALTRON, DE WINTER.

WALTRON.

So is le bien venu , mon cher frère, accepte
aujourd'hui ce nom comme le gage de l'amitié la
plus tendre : je ne l'ai jamais donné qu'à un ſeul
homme, je lui ai manqué, le Ciel eſt juſte, il m'en
punit.

DE WINTER.

Ah, mon cher frère, nom ſublime ! (*il montre ſon
cœur.*) c'eſt ici qu'il reſtera gravé, juſqu'au moment
où mon ame revolera vers ſon auteur.

WALTRON.

Reçois la mienne avec ce baiſer. Mon ami , j'ai
une grande propoſition à te faire, digne de l'opinion
que j'ai de toi.

DE WINTER.

Quelle qu'elle ſoit, elle me ſera ſacrée.

WALTRON *tire un papier de ſa poitrine.*

Tiens, mon ami, lorſque mon ſang rougira cette
place, tu ouvriras ce papier ; il renferme mes der-

E 4

nières volontés : tous mes amis y trouveront des
marques de mon fouvenir, excepté un feul, dont la
délicateffe...... à celui-là je ne laiffe que mon
cœur. (*il porte la main de fon ami vers fon cœur.*)

DE WINTER.

Que tu me rends fier en ce moment! ton noble
cœur a deviné le mien. O Waltron, Waltron!
eft-ce à toi qu'un pareil fort étoit réfervé?

WALTRON.

Les lois ne fouffrent point d'exceptions. Ecartons
ces idées, mon ami, il ne me refte que peu d'inftans,
il faut en faire un bon ufage. Où eft mon beau-
frère? je l'attends. Il faut, avant de mourir,....
mais que vois-je?...

SCÈNE III.

DE WILLE, LE FOURRIER, DES CAPORAUX
& beaucoup de Soldats de la compagnie de
Waltron.

DE WILLE.

Monsieur le Comte, je n'ai pu retenir ces braves
gens, toute votre compagnie eft dans la confter-
nation.... On voit les foldats errer çà & là, par
grouppes; tantôt ils fondent en larmes, tantôt ils
fulminent contre vos juges; ...... quelques-uns
dans un morne filence, fe tiennent à l'écart, levant
les bras au Ciel, & demandant miféricorde ;
tous ont l'air de gens aliénés. La douleur & le

défefpoir fe font tellement emparés de tous les
efprits, que le Colonel a été forcé de nous ordonner
la plus exacte vigilance, ... il craint avec raifon les
fuites de cette fermentation.

W A L T R O N.

C'eft à moi de la prévenir. Mes chers camarades, vous venez prendre congé de moi, je vous
en remercie ; cette marque de votre attachement eft
une confolation pour moi : mais j'exige....

L E F O U R R I E R.

Ah ! Dieu ! fi le Roi vous connoiffoit comme
nous vous connoiffons , notre cher Capitaine, il
donneroit une de fes provinces plutôt que de perdre
un auffi excellent Officier ; il ne fauroit en montrer
beaucoup de votre efpèce. Notre régiment s'en
reffentira bientôt, car étant vous-même fi brave ;
les autres Officiers étoient forcés de vous imiter ;
votre exemple les animoit ; quand vous ne ferez
plus, on verra comme les chofes iront.

W A L T R O N.

Mes amis , foyez plus juftes envers vos chefs :
votre prévention en ma faveur eft l'effet de votre
amitié ; mais votre méfiance des autres eft une
injuftice. Je laiffe après moi dans ce régiment,
nombre d'Officiers qui m'égalent, & qui me furpaffent même en mérite militaire.

L E F O U R R I E R.

Qui vous furpaffent ; Monfieur le Comte ! ils ne
le croient pas eux-mêmes... je m'y connois, mon

Capitaine, j'étois de la dernière expédition : si le Feld-Maréchal avoit commandé en personne, il n'auroit pas mieux fait. Voilà bientôt trente ans que je sers, vous êtes mon septième Capitaine : j'ai souvent murmuré, souvent j'ai regardé mon uniforme avec humeur ; mais sous vos ordres, mon respectable Capitaine, j'ai toujours marché avec confiance & avec joie, je n'ai jamais senti la fatigue, sans en être consolé par la victoire, ou par le repos. Si vous mourez, il faut aussi que je meure ; sans vous je n'ai plus aucun plaisir à vivre.

WALTRON.

Homme respectable ! vous que je me glorifie de nommer mon père, donnons un autre exemple à nos enfans. Si je n'avois pas oublié le premier devoir d'un soldat, l'obéissance & la subordination, il me resteroit l'espoir de mourir glorieusement pour la patrie ; vous, mes enfans, qui n'en avez point violé les lois, vivez pour la défendre & pour couvrir de gloire le régiment où servit Waltron.

LE FOURRIER.

Ah ! mon cher Capitaine, le malheur qui vous poursuit ne laisse aucun espoir au courage ; il n'y a pas de proportion entre les récompenses & les peines.

DE WINTER.

Nous en faisons aujourd'hui la triste épreuve.

SCÈNE IV.

Les précédens, L'ADJUDANT, LICHTENAU,
DE WILLE.

LICHTENAU.

Mon Capitaine, je fuis chargé de la part de
M. le Colonel de vous annoncer qu'il fera ici dans
un inftant, mais il defire vous parler fans témoins.

WALTRON *à fes foldats.*

Mes amis, le peu d'inftans qui me reftent font
comptés, il faut nous féparer. Adieu, mes chers
enfans, foyez heureux, ne perdez jamais de vue
l'honneur & les lois ; inftruits par mon exemple,
obfervez la difcipline & la fubordination.

DE WILLE.

Quelle fermeté héroïque ! quel exemple pour
nous ! Mes amis, fuivez-moi, bientôt je vous
ramène, & nous ne le quitterons qu'au dernier
moment.

SCÈNE V.

WALTRON, DE WINTER, & peu après
LE COLONEL.

DE WINTER.

Dieu! voici le Colonel, il veut être seul avec
toi, je serois de trop entre vous.

WALTRON.

Reste, mon ami, le Colonel connoît ton ame,
il sait que je n'ai rien de caché pour toi.

DE WINTER.

Je crains de le gêner.

LE COLONEL à de Winter.

Restez, Monsieur, vous êtes notre ami à tous
deux.

DE WINTER.

Je ne le sens que trop.

(*le Colonel & Waltron se fixent mutuellement & tristement.*)

WALTRON.

Monsieur le Colonel, pardonnez-moi la liberté
que j'ai prise de vous proposer cet entretien.

LE COLONEL.

Waltron! (*il le regarde avec douceur & compassion.*)

WALTRON.

La noblesse de vos sentimens, votre sensibilité
dont j'ai mille preuves...

Le Colonel *avec attendrissement.*

Waltron !

WALTRON.

Le repentir & l'aveu de ma faute....

LE COLONEL.

Mon cher Waltron ! mon ami !

WALTRON.

M'ont fait efpérer que vous m'accorderiez un inftant pour me réconcilier avec vous avant de mourir. Que votre pardon foit mon paffe-port à l'autre vie !

LE COLONEL.

Vous pardonner, ah ! mon ami, que ne pouvez-vous lire dans mon cœur !

WALTRON.

Vous me connoiffez : ni la méchanceté, ni l'orgueil, ni aucune haine cachée ne m'ont porté à vous manquer ; ma fougueufe vivacité..... Je me fuis emporté contre mon beau-frère, & dans ma colère j'ai oublié mon Colonel.... l'amitié même dont vous m'honoriez m'a rendu vos remontrances plus fenfibles, plus elles étoient juftes, plus elles m'ont bleffé ; un reproche injufte dans la bouche d'un homme qui m'eût été indifférent, n'eût pas fait la moindre impreffion fur moi.

LE COLONEL.

Cette amitié, cette parenté dont j'étois fi fier, font à préfent pour moi la fource de mes larmes.

WALTRON.

Comme beau - frère & comme ami , vous ne pouvez rien fur mon fort ; comme mon Colonel , accordez - moi le pardon de ma faute , c'eſt le feul adouciſſement que vous puiſſiez apporter à mes maux.

LE COLONEL.

Comme votre fupérieur, je vous pardonne de tout mon cœur, & je plains votre malheureuſe deſtinée. Comme ton beau - frère , cher Waltron , je te preſſe contre ce cœur brûlant, qu'un vers rongeur dévore.... O Waltron ! ô mon ami ! veux - tu me pardonner auſſi , à moi dont la fierté provoqua ta colère & prépara ta perte ?

WALTRON.

Ce que vous avez fait , vous deviez le faire : la dignité de votre grade étoit compromiſe ; revenu à moi, j'ai fenti toute l'énormité de ma faute ; vous en auriez commiſe une bien plus grande , ſi vous euſſiez toléré la mienne. Elle ne pouvoit reſter cachée, ces murailles de toile, ma voix furieuſe, une foule de témoins, le bruit de nos épées. Quels reproches n'auriez - vous pas mérités , ſi vous euſſiez ſouffert ou pallié mon offenſe ? non, non...l'ami même de Waltron ne le devoit pas.

LE COLONEL.

Généreux ami ! ton cœur m'excuſe, & je demande qu'il me pardonne ; mais le mien ne peut ni m'excuſer , ni me pardonner. Sûr de tes ſentimens, je devois t'épargner juſqu'à l'ombre du reproche,

WALTRON.

Souvent le Ciel m'a tiré de grands périls, dans lesquels mon imprudente vivacité m'avoit engagé. Si j'avois profité de ces avertissemens salutaires, & que j'eusse travaillé à me dompter; je n'aurois point lassé la patience divine. Enfin, mon sort est arrêté: comme Colonel, vous venez de pardonner au Capitaine coupable; actuellement je vais parler à mon beau-frère & à mon meilleur ami..... Ma femme,... votre adorable sœur, la plus malheureuse de nous trois; elle qui m'accorda sur un Général une préférence qui va lui coûter si cher, & qui lui sera si souvent reprochée; je vous la remets, comme un trésor inestimable. Consolez-la de ma perte, elle n'y sera que trop sensible.

LE COLONEL.

Comment pourrois-je la consoler, moi que ton sort accable?

WALTRON.

Votre ame plus forte que la sienne soutiendra cette épreuve. Mais la plus tendre, la plus sensible des femmes, elle mourra de douleur. Eloignez-la pour quelque temps de son fils. Quel nom viens-je de prononcer? insensé! (*il se frappe la poitrine.*) combien tu fais de malheureux!.... Cet innocent, privé de guide & d'appui, payera, peut-être bien cher, la faute impardonnable.... Dieu! (*au Colonel.*) si j'oubliai que vous étiez mon chef, devois-je oublier que j'étois père! Quel souvenir terrible, quel exemple pour toi, ô mon cher fils! Ton père puni par la loi.... Ah Ciel!

LE COLONEL.

Waltron, Waltron, laiſſe-là ces idées déchirantes...

DE WINTER.

Le ſouvenir de tes vertus, de ton mérite, l'amour & l'eſtime de toute l'armée, voilà ce que tu laiſſes à ton fils. Chacun de nous....

WALTRON *prend de Winter par la main & s'approche du Colonel.*

Mon frère, ſoyez ſon guide, (*à de Winter.*) & toi ſois ſon ami, comme tu as été le mien... Domptez de bonne heure ſes paſſions, pliez ſon caractère ; & ſi jamais il manque à ſes devoirs, rappelez-lui ma mort.

LE COLONEL.

Je voue le reſte de mes jours à cet ange que tu confies à mes tendres ſoins ; auſſitôt que je pourrai avec honneur quitter ce régiment, je me fixerai auprès de ton épouſe, je ſervirai moi-même de gouverneur à ton fils, & je tâcherai de le rendre digne de l'honneur de t'avoir eu pour père.

DE WINTER.

Je forme le même projet, & je fais le même vœu, cher Waltron, réçois-en ma parole ſacrée.

WALTRON.

Mes amis, je meurs content ; il ne me reſte qu'un deſir, c'eſt que mon Lieutenant obtienne ma compagnie ; ſon mérite & ſes talens le rendent digne de cette préférence ; il aime mes ſoldats, il en eſt aimé ; ils le ſuivront avec confiance dans les combats, &

lui

lui obéiront avec plaifir fous les tentes. Je recommande à mon ami de Winter l'exécution de l'article
de mon teftament qui regarde ma compagnie, j'ofe
me flatter que ma femme l'approuvera,..... c'eft
une légère marque de mon amitié que je laiffe à mes
cámarades, & mon fils ne peut qu'applaudir à cet
emploi d'une modique partie de ma fortune.

LE COLONEL.

Ah ! l'excellent homme ! ô mon ami ! (*à de*
Winter.) Quelle perte ! combien de malheureux vont
être privés de leur foutien !

WALTRON.

Je defire que mon corps repofe à côté de mes
ancêtres : le lieu qui nous a vu naître eft toujours
le plus cher à nos cœurs.... Mes vaffaux m'aiment,
ils accorderont quelques pleurs à ma cendre.

DE WINTER.

Je te promets, mon ami, de pofer moi-même
ton cercueil dans le tombeau de ta famille, & tes
funérailles prouveront fi j'étois ton ami.

WALTRON.

Me voilà enfin tranquille : toutes mes affaires
font arrangées. Adieu, mon Colonel. (*à de Winter.*)
Toi, mon ami de cœur, fouviens-toi quelquefois
de ton ami. (*il les embraffe tous deux.*) Il ne me refte
plus qu'un adieu à donner, & cet adieu me coûte
plus que la mort..... Epargnez-vous cette fcène
déchirante.... Ah ! que ne puis-je embraffer auffi

F

mon fils ! que ne puis-je lui donner ma bénédiction !..
hélas ! cette triste consolation m'est interdite ; mais,
ô mon cher fils , je t'en dédommagerai , en t'en-
voyant d'en haut une protection invisible.

LE COLONEL *le presse plusieurs fois contre son*
cœur , & avec affliction il dit :

Adieu, trop malheureux ami ! le ciel ne t'ôtera
point à ta dernière heure ce courage qui a distingué
ta vie. (*comme il veut sortir , arrivent les personnages de*
la scène suivante.)

SCÈNE V.

Les précédens , ELSENEUR , WASTWORT,
quelques Enseignes amenant LA COMTESSE.

(*On remarque sur la figure de la Comtesse l'expression de*
la plus vive douleur ; elle a la tête penchée. Le Colonel
se retire de quelques pas.)

LA COMTESSE.

ME voici, & la mort avec moi...... Waltron,
mon cher Waltron ! ils sont inexorables : .... les
tyrans ! .... j'ai vu couler leurs larmes ! ... mais
quelles larmes ? des larmes de crocodile, plus faites
pour tromper que pour toucher ! (*elle apperçoit le*
Colonel & le saisit par le bras.) Arrête, barbare ! toi
qui m'oses appeler ta sœur , je te maudis. Ne te
dis plus mon frère, tu n'es que l'assassin de mon

mari !.... La fupériorité de fon courage & de fon génie bleffoient ta vanité : voilà fon feul crime. Barbare ! rends-moi mon époux, ou ta mort précèdera la fienne. (*elle porte la main fur l'épée du Colonel.*)

WALTRON *s'élance vers elle & la retient.*

Arrête : refpecte les derniers ordres de ton époux.

LA COMTESSE *égarée.*

Toi, mon époux ? Toi Waltron ? Non, ce fut un héros... mais toi, qui es-tu ? un criminel chargé de fers.

LE COLONEL.

Ma fœur !

$$\left.\begin{array}{c}\text{LE COLONEL.}\\ \text{DE WINTER.}\end{array}\right\} \textit{enfemble.}$$

Madame !

LA COMTESSE *lançant un regard furieux.*

Qui êtes-vous, pour ofer m'arrêter ? Hé quoi ! c'eft encore vous que je vois, lâches affaffins ! Foudre vengerefle, viens écrafer ces monftres !

WALTRON *la prend par la main.*

Sophie ! ma chère Sophie !....

LA COMTESSE *joyeufement.*

Mon cher Waltron, je te retrouve ! (*elle l'embraffe.*) Ils t'avoient arraché de mes bras.... les tigres !... venge-moi ;... qu'ils tremblent,... qu'ils meurent.

F 2

WALTRON.

C'eſt moi qui dois mourir.

LA COMTESSE.

Comment, c'eſt toi ?....

WALTRON.

Je te conjure par notre amour infortuné , par la
tendreſſe maternelle , n'empoiſonne pas la dernière
heure de ma vie.

LA COMTESSE.

Toi mourir !.... Dieu tout-puiſſant ! Dieu des
héros ! viens combattre avec moi. Mais le ciel même
eſt ſourd à ma voix. (*abſolument hors d'elle-même.*) Il
me reſte un fils , je ſemerai dans ſon jeune cœur
l'eſprit de la mort & de la vengeance ; à l'aube du
jour, au ſoleil coùchant, dans l'ombre de la nuit, il
levera ſes mains , (*en élevant la voix*) il me jurera
vengeance , ruine , affreuſe mort. .... Mon fils !
mon fils !.... (*elle ſort avec précipitation.*)

LE COLONEL.

Ma ſœur ! pour Dieu ! (*il ſort.*)

DE WINTER.

Suivons-la.

WALTRON.

Sophie ! ... Sophie ! .... mon épouſe chérie !
(*tous ſortent vîte & le rideau tombe.*)

Fin du quatrième acte.

ACTE V.

SCÈNE PREMIÈRE.

*Le théâtre repréſente, à droite un pays découvert,
à gauche le Camp.*

DE WINTER, ELSENEUR.

Elseneur *à de Winter en recevant un papier.*

Donne, mon ami, donne-moi encore cet écrit, je ne puis me laſſer de le lire (*il lit & s'attendrit.*) Divin mortel ! (*après un inſtant de ſilence*) Ah ! Waltron, Waltron ! tu fais couler mes premières larmes ; elles ſortent du fond de mon cœur, l'ingratitude & la perfidie des hommes en avoient tari la ſource, ta grandeur d'ame vient de la rouvrir. (*il lit.*)

« Je lègue à chaque ſoldat de ma compagnie
» trois louis d'or, quatre à chaque caporal, cinq
» à chaque fourrier.

» Je prie chacun des officiers qui m'étoient
» ſubordonnés d'accepter trois mille livres, comme
» une juſte reconnoiſſance de cet amour qu'ils m'ont
» témoigné, & du courage avec lequel ils ont ſe-
» condé mes expéditions.

» Je lègue vingt mille florins pour fonder, à
» perpétuité, dans ma terre d'Oſthus, un hoſpice

F 3

» où vingt foldats vétérans de ma compagnie vien-
» dront finir leurs jours.

» Je nomme & inftitue mon ami de Winter
» exécuteur de mes dernières volontés, commiffaire
» général de l'hôpital qui fera fondé dans ma ba-
» ronnie, & adjoint à la tutelle de mon fils.

» Je recommande mon ame à Dieu, ma mé-
» moire à mes amis, & à mes braves camarades.
» Je les prie de regarder mon fils comme leur
» enfant & comme leur frère. Je veux que tout
» officier & bas officier de ce régiment vivant dans
» mes terres, y jouiffe de toutes les franchifes &
» immunités accordées aux nobles ; & je relève mes
» vaffaux de toute fervitude perfonnelle.....»...

Tiens, mon ami, achève fi tu peux, pour
moi......

SCÈNE II.

Les précédens, WASTWORTH.

WASTWORTH.

Messieurs, tout le camp eft en rumeur, la
Comteffe de Waltron, fondant en larmes, court
en défefpérée de rang en rang ; elle émeut, elle
excite, elle foulève ; tous pleurent & murmurent.
Le jeune Cronebourg, après avoir vainement épuifé
auprès de fon oncle les plus vives inftances, eft forti
de fa tente comme un éclair ; on l'a vu monter à
cheval & courir à toute bride ; on ne fait quelle

peut être sa résolution : (*regardant le camp.*) Voici
Waltron.

ELSENEUR.

Ah ! mon ami , voilà donc ta dernière marche,
& c'est vers le tombeau !

WASTWORTH.

Quel air noble ! quelle sérénité !

SCÈNE III.

*Le Major est en avant , l'épée à la main ; après lui
l'Auditeur, un Capitaine , ensuite tout le piquet qui se
forme en cercle , au milieu du cercle on voit le Capitaine
Waltron les fers aux mains , plusieurs soldats sans
armes & quelques officiers. L'Auditeur lit encore une
fois la sentence & le Prévôt intercède suivant l'usage.*

WALTRON *fixant la place où il doit se mettre
à genoux.*

Voici la place où mon sang doit se mêler avec
la terre...... Je meurs bien jeune , & avant que
mes espérances soient réalisées ! mais quel homme
n'est pas traversé dans ses desseins ? (*il regarde de
Winter, Elseneur & Wastworth.*) Messieurs : (*ils s'approchent de lui*) je vous rends grâces de votre affection
pour moi ; (*il prend Elseneur & Wastworth par la
main.*) je ne crois pas m'en être jamais rendu indigne : plaignez mon sort, & acceptez cette dernière
marque de mon amitié. (*il les embrasse.*) Adieu.... &

F 4

ce baifer, portez-le à mon Lieutenant de Wille :...je fuis défolé de ne pouvoir pas l'embraffer.

WASTWORTH.

Vous favez combien il vous honore ; vous fûtes de tout temps , fon père , fon frère & fon ami : il eft obligé de refter à la compagnie ; ... on craint...

WALTRON.

Il fait fon devoir : qu'il reçoive par vous ma dernière prière : c'eft de traiter fes inférieurs comme il traiteroit fes enfans. La juftice & la bonté lui gagneront plus de cœurs que la rigueur & l'inflexibilité. Donnez auffi à mon fecond Lieutenant ce dernier baifer d'adieu. (*à Elfeneur.*) Et toi, mon cher camarade , combien de preuves d'attachement ne m'as-tu pas données depuis quatorze ans que nous fommes amis ? je t'en remercie : conferves-moi ton amitié , même lorfque je ne ferai plus. (*il l'embraffe.*)

ELSENEUR.

Waltron ! ô trop malheureux ami ! ton défaftre a changé tout mon caractère. Que ne puis-je , par le facrifice de ma propre vie , racheter la tienne ! Le Ciel m'eft témoin que je ferois fier de mourir pour toi. Tant que je vivrai , ton malheur fera préfent à ma mémoire , & j'arroferai tes cendres de mes larmes. Adieu , mon ami , nous n'étions pas dignes de poffeder un homme tel que toi ! là haut tu recevras le prix de ta vertu :.... nous nous reverrons bientôt. (*il l'embraffe.*) Adieu ! adieu !

WALTRON *à de Winter.*

Mon cher de Winter, mon ami; (*il l'embraffe.*)
je te quitte,.... mais ce n'eft pas fans la douleur
la plus amère.... Nos ames fembloient faites l'une
pour l'autre, elles étoient toujours d'accord, & nos
principes étoient femblables.... Un jour, me difois-je
à moi-même, un jour viendra que nous pourrons
jouir des agrémens de la vie privée, & que mon ami,
de concert avec moi, formera le cœur de mon fils &
le rendra digne de fes ancêtres. Mais hélas! je n'ai
fait qu'un vain fonge; il s'eft diffipé, & tu feras feul
chargé de tous ces foins. Je te réitère ma prière, fois
le foutien & la confolation de mon époufe infortunée.
Ma mort caufera peut-être la fienne : qui prendra
foin alors de former le cœur de mon fils ? qui fe
chargera d'en faire un homme digne de commander
aux hommes? Toi : oui, toi, mon ami, tu feras fon
tuteur & fon père. Inftruit & formé par toi, il te
reffemblera un jour, & c'eft tout ce que je defire.
Prends ce baifer paternel & ma bénédiction : portes-
lui l'un & l'autre, & fais-le fouvenir de fon malheureux père, lorfqu'il en pourra fentir toute la perte.
Salue encore pour moi mon digne beau-frère, &
lorfque mon ame fera envolée, fais porter mon corps
dans la fépulture de mes ancêtres. Difpenfes-toi
de toutes cérémonies faftueufes, ce qu'elles coû-
teroient fera mieux employé à foulager quelques
malheureux.

DE WINTER.

Tes vertus, mon ami, formeront le cortège,
jamais on ne les oubliera:... ton épitaphe fera gravée

dans tous les cœurs fensibles, & ton nom paffera de père en fils jufqu'à la poftérité. O Waltron! ô mon ami! que ta mort eft accablante pour moi! Adieu, je perds en toi le bonheur de ma vie, le feul lien qui pût m'y attacher; je la fupporterai pour fuppléer la tienne; ta femme fera déformais ma fœur, ton fils deviendra le mien: je te promets, fur ce que j'ai de plus facré, de les fervir jufqu'à la mort.

WALTRON.

A préfent, je vais mourir tranquille. Dis à ma femme que je la quitte avec un cœur plein de l'amour le plus pur & de la plus vive tendreffe pour elle: adieu. (*il l'embraffe à plufieurs reprifes, fe tourne vers le Major & remarque quelques foldats de fa compagnie.*) Et vous auffi, mes chers camarades! (*il prend la main d'un vieux foldat.*) Vivez heureux, mes amis, aimez votre futur Capitaine auffi fincèrement que vous m'avez aimé; foyez fidelles au Roi & à la Patrie; honorez vos fupérieurs, foyez attachés à vos devoirs, voilà ce que je vous recommande. Mon bon vieux père, je vous embraffe, & avec vous tous les foldats de ma compagnie, je les ai toujours chéris comme mes enfans; qu'ils me pardonnent fi j'ai quelquefois agi envers eux avec trop de vivacité; que mon exemple foit votre fauve-garde! adieu.... Monfieur le Major, je demande encore une fois pardon à mon Colonel, je fouhaite que le Roi puiffe récompenfer fes rares qualités, celles du Lieutenant Colonel & les vôtres: accordez-moi une place dans votre fouvenir. (*à tous les affiftans.*) Je vous déclare,

Messieurs, que je suis seul cause de mon malheur, personne ne mérite de reproche à cet égard. Je demande mille pardons à tout le régiment pour le désagrément que ma faute lui attire ; je souhaite que ma mort puisse me réconcilier avec mes ennemis. (*il tire sa bague de diamans pour la donner au Capitaine commandant le détachement.*) Acceptez cette bague, Monsieur le Capitaine, qu'elle vous rappelle cette journée. Ce que renferme cette bourse sera partagé entre les six hommes qui doivent tirer sur moi : cette tabatière (*au Prévôt.*) est le remercîment de l'appartement que j'ai occupé chez vous. (*il voit le Tambour Major avec le mouchoir destiné à lui bander les yeux.*) A quoi bon cette précaution, mon ami ? j'ai vu mille balles ennemies sans détourner la tête, je ne m'effraierai pas davantage en ce moment-ci.

LE MAJOR.

Monsieur le Comte, c'est l'usage.

WALTRON.

Puisque vous l'ordonnez,.... (*il prend sa montre & la donne au Tambour Major. Au moment qu'il veut se mettre à genoux, on entend du bruit derrière la scène, on crie.*) Arrête, arrête ! (*tout le monde se retourne ; la Comtesse, les cheveux épars, s'élance vers son mari.*)

SCÈNE IV.

Les précédens, LA COMTESSE.

LA COMTESSE.

A h ! Waltron ! (*elle tombe évanouie dans ses bras.*)

WALTRON,

Mes amis ! (*ils la séparent de Waltron & l'emportent à quelques pas du cercle, Wa'tron y rentre.*) Dieu ! fais-moi grâce & ne m'abandonne pas en cet inſtant.... Adieu.

(*Il se retire de quelques pas, se met à genoux pour qu'on lui bande les yeux. On voit avancer du fond de la scène, à gauche, l'Aide-de-Camp à la tête de six hommes. Tous paroiſſent accablés par la douleur, & ſurtout de Winter, Elſeneur & Waſtworth. Le Major donne le ſignal, trois des six hommes avec ieurs fuſils armés ſe portent vis-à-vis de Waltron : au même inſtant on entend crier de loin,* arrête, arrête. *Un mouchoir blanc jeté d'un côté de la scène tombe ſur le théâtre.*)

SCÈNE V.

Les précédens, CRONEBOURG.

CRONEBOURG *s'élance sur le théâtre sans chapeau & tout hors d'haleine.*

ARRETEZ ! (*il se porte vivement devant les trois hommes qui alloient tirer ; en même temps arrive le Prince en habit de voyage : il saute sur Waltron sans proférer une parole. Tous les officiers & les soldats crient :*) grâce ! grâce ! Vive le Roi ! vive le Prince ! (*Dans l'intervalle, le Prince arrache le mouchoir des yeux de Waltron & le jette loin de lui ; il le porte dans ses bras, tous courent, l'entourent & crient ensemble :*) Le ciel vous récompense, mon Prince, vous méritez de vivre éternellement.

LE PRINCE *haletant encore.*

Ha, ha ! laissez-moi respirer (*il embrasse & serre Waltron à différentes reprises contre son cœur.*) Le ciel soit loué, j'arrive à temps. Ce jour sera pour moi un jour de fête solemnelle. Ce jour aucun sang ne sera répandu. Cette place sera franche, en commémoration de ce que le plus noble des hommes a manqué d'y perdre la vie. Mais d'où vient cette exécution si précipitée ? je veux en savoir la cause, & malheur à son auteur. O Waltron ! Si j'étois arrivé trop tard !... Dieu ! j'en frissonne ;... si je t'avois trouvé nageant dans ton sang,.... toi, mon libérateur, toi sans qui je gémirois à présent dans une honteufe captivité! Mon imprudence m'avoit perdu, ta bravoure a tout réparé. Jamais, non jamais, tu ne me quitteras, mon cher Waltron, tu feras mon bras droit, mon confeil & mon ami (*il l'embraffe.*)

W A L T R O N.

Mon Prince, je n'ai fait que mon devoir, & ces braves gens ont tous eu part à votre délivrance.

(*Tous enfemble.*)

Sans lui, mon Prince, c'étoit fait de Votre Alteffe & de nous-mêmes.

LE PRINCE.

Que vois-je? la Comteffe. (*tout le monde accourt vers la Comteffe.*)

W A L T R O N.

Sophie ! ma chère Sophie !

DE WINTER.

Elle commence à refpirer, Dieu foit loué !

LA COMTESSE *revient un peu.*

Pourquoi me réveillez-vous, bourreaux ? eft-il mort ? Ciel, que vois-je! Prince :.... grâce pour mon mari..... grâce pour un héros; grâce, grâce, mon Prince, ou donnez-moi la mort.

LE PRINCE.

Relevez-vous, Comteffe, embraffez votre mari, fes jours me font plus précieux que les miens.

LA COMTESSE.

Waltron, tu me ferois rendu? Ah! mon Prince, souffrez qne j'embraffe vos genoux. Comment reconnoître un tel bienfait? Nous vous bénirons autant, que nous vivrons. Waltron, mon cher Waltron! tu m'es donc donné pour la feconde fois. (*elle fe jette dans fes bras.*)

LE PRINCE.

Monfieur le Major, faites rentrer le piquet, je vous réponds de tout. (*il tire de fa poche des papiers.*) Waltron, voici le brevet du Roi, qui vous nomme Lieutenant-Colonel de mon régiment de cuiraffiers, & qui vous décore de l'ordre de Dannebrog; moi, je vous choifis pour mon Aide-de-Camp général; & comme je vous ai des obligations particulières, je vous donne, par le préfent acte, le comté de Stromberg, fitué dans mon duché, à vous & à vos defcendans, à perpétuité & en propriété. (*tout le monde eft attendri, Waltron fe retire d'un pas.*)

DE WINTER.

Généreux Prince! en rendant la vie à Monfieur de Waltron, vous nous la rendez à tous.

LE PRINCE.

Monfieur de Winter, vous le fuivrez dans peu. (*à Elfeneur & autres Officiers.*) Aucun de vous, Meffieurs, ne fera oublié; les amis de Waltron méritent d'être les miens, ils pourront en tout temps fe prévaloir de ce titre auprès de moi.

ELSENEUR *court vers Cronebourg & l'embrasse*
vivement.

Brave jeune homme, la belle action que vous venez
de faire vous mérite la reconnoissance de tous tant
que nous sommes.

DE WINTER.

Monsieur le Comte , l'honneur que vous fait
cette action, rejaillit sur moi, & déformais je me
glorifierai de vous avoir pour élève.

LA COMTESSE.

Je vous dois tout , Monsieur, & jamais je n'oublierai ce trait de bon cœur. (*elle les embrasse presque*
tous trois à la fois.)

WALTRON.

Monsieur de Cronebourg, cette journée est d'un
grand exemple pour tous les Officiers, & bien honorable pour vous.

CRONEBOURG.

Monsieur le Lieutenant-Colonel, que votre amitié
soit ma récompense.

LE PRINCE *à Cronebourg.*

Monsieur le Lieutenant, je vous fais Capitaine.
Vous avez une belle carrière à parcourir.

CRONEBOURG.

Mon Prince, je suis pénétré de vos bontés.

ELSENEUR.

ELSENEUR.

Quant à moi, je tiendrai ma parole, Monsieur le Comte ; demain à la parade, je vous ferai faire le tour du régiment sur mes épaules, au son des fanfares.

LE PRINCE.

D'où vient cette mélancolie, mon cher Waltron ?

WALTRON.

Je l'ignore, mon Prince, mais ce passage rapide de la mort à la vie, les bienfaits dont vous me comblez.....

LE PRINCE *l'interrompant.*

Mon ami, je ne suis pas encore quitte envers vous. Allons maintenant voir votre beau‑frère ; demain je dînerai chez lui & tous les Officiers du régiment y seront invités. (*on entend un coup de canon.*) Qu'est-ce que cela ?

DE WINTER.

C'est le canon d'alarme.

ELSENEUR.

Bataille..... allons bataille, nous y voilà tous disposés. (*encore un coup de canon.*) Encore : c'est ma foi tout de bon.

LA COMTESSE.

Ah ! mon cher Waltron. (*on entend un troisième coup de canon, qui cause une alerte générale.*)

G

SCÈNE VI.

Les précédens, WASTWORTH.

Messieurs, l'ennemi approche, on va prendre les armes, l'ordre du Commandant est donné.

Waltron *joyeusement.*

A présent, je fais avec plaisir le sacrifice de tout mon sang à la patrie ; je vais répondre aux bontés du Roi par des actions qui les justifient.

la Comtesse.

Pars, mon ami, vole à la victoire : combats pour la patrie ; si tu meurs, que ce soit en héros ! si tu reviens victorieux, nous célébrerons de nouvelles noces, & tous les braves soldats feront de la fête. Vive le Roi ! vive le Prince !

(*Tous s'en vont, l'alarme augmente, & pendant le tumulte la pièce finit.*)

Fin du cinquième & dernier acte.

APPROBATION.

J'ai lu, par ordre de Monseigneur le Garde des Sceaux, une Tragédie intitulée : *le Comte de Waltron*, ou *la Subordination*, & n'y ai rien trouvé qui doive en empêcher l'impression. A Paris, ce 24 août 1781.

Signé, Guidi.

PRIVILEGE DU ROI.

Louis, par la grace de Dieu, Roi de France & de Navarre A nos amés & féaux Conseillers, les Gens tenans nos Cours de Parlement, Maîtres des Requêtes ordinaires de notre Hôtel, Grand Conseil, Prévôt de Paris, Baillis, Sénéchaux, leurs Lieutenans civils, & autres nos Justiciers qu'il appartiendra, SALUT. Notre amé le Sieur EBERTS Nous a fait exposer qu'il desireroit faire imprimer & donner au Public un Ouvrage de sa composition, intitulé *Comédies Allemandes, traduites en François*, s'il Nous plaisoit lui accorder nos Lettres de Permission pour ce nécessaires. A CES CAUSES, voulant favorablement traiter l'Exposant, Nous lui avons permis & permettons par ces Présentes, de faire imprimer ledit Ouvrage autant de fois que bon lui semblera, & de le faire vendre & débiter par tout notre Royaume, pendant le temps de cinq années consécutives, à compter du jour de la date des Présentes. Faisons défenses à tous Imprimeurs, Libraires, & autres personnes, de quelque qualité & condition qu'elles soient, d'en introduire d'impression étrangère dans aucun lieu de notre obéissance. A la charge que ces présentes seront enregistrées tout au long sur le Registre de la Communauté des Imprimeurs & Libraires de Paris, dans trois mois de la date d'icelles ; que l'impression dudit Ouvrage sera faite dans notre Royaume, & non ailleurs, en bon papier & beaux caractères ; que l'impétrant se conformera en tout aux Réglemens de la Librairie, & notamment à celui du 10 Avril 1725, & à l'Arrêt de notre Conseil du 30 Août 1777, à peine de déchéance de la présente Permission ; qu'avant de l'exposer en vente, le manuscrit qui aura servi de copie à l'impression dudit Ouvrage, sera remis dans le même état où l'Approbation y aura été donnée, ès mains de notre très-cher & féal Chevalier, Garde des Sceaux de France, le Sieur HUE DE MIROMESNIL, Commandeur de nos Ordres ; & qu'il en sera ensuite remis deux exemplaires dans notre Bibliothèque publique, un dans celle de notre château du Louvre, un dans celle de notredit très-cher & féal Chevalier, Chancelier de France, le Sieur DE MAUPEOU, & un dans celle dudit Sieur HUE DE MIROMESNIL ; le tout à peine de nullité des Présentes. Du contenu desquelles vous mandons & enjoignons de faire jouir ledit Exposant & ses ayant-causes, pleinement & paisiblement, sans souffrir qu'il leur soit fait aucun trouble ou empêchement. Voulons qu'à la copie des Présentes, qui sera imprimée tout au long au commencement ou à la fin dudit Ouvrage, foi soit ajoutée comme à l'original. Commandons au premier notre Huissier ou Sergent fur ce requis , de faire pour l'exécution d'icelles tous actes requis & néceffaires , fans demander autre permiffion , & nonobftant clameur de Haro , Charte Normande & Lettres à ce contraires : CAR tel eft notre plaifir. DONNÉ à Paris le premier jour du mois d'août , l'an de grâce mil fept cent quatre-vingt-un , & de notre règne le huitième. Par le Roi en fon Confeil , LE BÉGUE.

Regiftré fur le Regiftre XXI de la Chambre Royale & Syndicale des Libraires & Imprimeurs de Paris , N°. 2418 , fol. 538 , conformément aux difpofitions énoncées dans la préfente Permiffion ; & à la charge de remettre à ladite Chambre les huit Exemplaires preferits par l'article CVIII du Réglement de 1723. A Paris , le 3 août 1781.

QUILLEAU, Adjoint.

www.ingramcontent.com/pod-product-compliance
Lightning Source LLC
Chambersburg PA
CBHW071111260626
47162CB00006B/2286